DE COMPLETE AVONTUREN VAN SHERLOCK HOLMES

DEEL 7

De verhalen en romans rond Sherlock Holmes zijn vaak in Nederland verschenen. In 1947 gaf uitgeverij Contact *De Complete Sherlock Holmes* in een vertaling van o.a. Simon Vestdijk uit. In de jaren tachtig verscheen bij uitgeverij Loeb *Sherlock Holmes Compleet*. Loeb hanteerde daarbij voor het eerst de volgorde van de inhoudelijke chronologie van de verhalen: van Holmes' eerste zaak in 1874 tot zijn laatste in 1914. In de twaalf delen die Uitgeverij 521 nu uitgeeft, is die volgorde gehandhaafd.

Sherlock Holmes

Sir Arthur Conan Doyle

DE COMPLETE AVONTUREN

DEEL 7

2004 UITGEVERIJ 521 AMSTERDAM

Omslagontwerp Studio 521
Omslagafbeelding Frederick Dorr Steele
Vertaling Mariëlla Snel
ISBN 90 76927 62 6
NUR 302

Het avontuur van De Bruine Beuken

[5-20 april 1889]

'De man die de kunst omwille van de kunst liefheeft,' merkte Sherlock Holmes op terwijl hij de advertentiepagina van de *Daily Telegraph* weglegde, 'geniet vaak het meest van de minst belangrijke en meest onbeduidende uitingen daarvan. Ik merk met genoegen op, Watson, dat je de waarheid van die constatering in zoverre hebt ingezien, dat je in de kleine verslagen van de zaken die wij hebben behandeld, niet zozeer de *causes célèbres* en sensationele processen waarin ik heb gefigureerd naar voren hebt gehaald, maar eerder die incidenten die op zich genomen onbetekenend hadden kunnen zijn, maar mij in de gelegenheid stelden gebruik te maken van die gaven van deduceren en logisch concluderen die voor mij zo typerend zijn geworden.'

'Maar toch,' zei ik lachend, 'kan ik niet helemaal verklaren dat ik onschuldig ben aan het tentoonspreiden van enige sensatiezucht, zoals enige malen is beweerd ten aanzien van de verslagen die ik te boek heb gesteld.'

'Misschien heb je inderdaad af en toe die vergissing begaan,' zei hij terwijl hij met de tang een gloeiende sintel uit de haard pakte en daarmee de lange kersenhouten pijp aanstak die hij vaak in de hand nam wanneer hij eerder in een twistzieke dan in een beschouwende bui was. 'Misschien heb je wellicht ten onrechte geprobeerd om ieder verhaal kleurrijk en levensecht te maken, in plaats van je te beperken tot de taak het strakke redeneren van oorzaak tot gevolg te boek te stellen, een taak die in wezen de enig belangrijke is bij een dergelijke kwestie.'

'Volgens mij heb ik je in dat opzicht volledig recht doen wedervaren,' zei ik een beetje koel, want ik walgde een beetje van het egocentrische dat, zoals ik meerdere malen had geconstateerd, een belangrijk deel uitmaakte van het eigenaardige karakter van mijn vriend.

'Nee, in dit verband is er geen sprake van egoïsme of verwaandheid,' zei hij, zoals gewoonlijk eerder antwoord gevend op mijn gedachten dan op hetgeen ik zei. 'Wanneer ik stel dat ik mijn kunst volledig tot zijn recht wil laten komen, komt dat omdat het iets onpersoonlijks is – iets wat buiten mijzelf staat. Misdaad is een normaal verschijnsel. Logica komt men slechts zelden tegen. Daarom moet je eerder aandacht besteden aan de logica dan aan de misdaad. Jouw verhalen hadden een reeks colleges moeten zijn, maar je hebt ze gedegradeerd tot niets anders dan verhaaltjes!'

Het was een koude ochtend in het begin van de lente, en we zaten na het ontbijt ieder aan een kant van een vrolijk knapperende haard in de oude kamer in Baker Street. Een dichte mist dwarrelde omlaag tussen de rijen grijsbruine huizen en de ramen van de huizen aan de overkant doemden op als donkere, vormeloze vlekken tussen de zware, gele kransen. Onze gaslamp was ontstoken en bescheen het witte tafellaken, het porselein en het metaal, want de tafel was nog niet afgeruimd. Sherlock Holmes was de hele ochtend zwijgzaam geweest. Hij had voortdurend verdiept gezeten in de advertentierubrieken van allerlei kranten. Uiteindelijk leek hij zijn zoekactie te hebben gestaakt en begon me niet al te vriendelijk te onderhouden over mijn literaire tekortkomingen.

Na een pauze waarin hij zijn lange pijp rookte en naar het haardvuur staarde, ging hij weer verder. 'Maar tegelijkertijd kun je nauwelijks worden beschuldigd van sensatiezucht, want een groot deel van de zaken waarvoor jij zo vriendelijk was je te interesseren, heeft niets te maken met een misdaad in de wettelijke zin des woords. De kleine kwestie waarbij ik heb gepoogd de koning van Bohemen te helpen, de merkwaardige ervaring van mejuffrouw Mary Sutherland, het probleem dat verband hield met de man met de opgekrulde lip en het incident met de adellijke vrijgezel – het waren allemaal zaken die buiten de jurisdictie van de wet vielen. Maar ik ben bang dat je door het vermijden van het sensationele, te veel neigt naar het onbelangrijke.'

'Het eindresultaat kan misschien die indruk wekken,' zei ik. 'maar de methodes waarvan ik gebruik heb gemaakt, zijn nieuw en interessant geweest.'

'Mijn hemel, beste man, het publiek, dat grote, onopmerkzame publiek dat een wever niet aan zijn tanden zou herkennen, noch een componist aan zijn linkerduim, kan nauwelijks enige interesse opbrengen voor de fijnere kneepjes van het analyseren en deduceren! Maar eigenlijk kan ik het je niet kwalijk nemen dat je je met onbeduidende dingen bezighoudt, want de dagen der belangrijke zaken zijn voorbij. De mens, of in ieder geval de misdadige mens, heeft alle ondernemingszin en originaliteit verloren. Mijn eigen kleine praktijk lijkt te degenereren tot een agentschap dat zich ten doel stelt verloren pennen terug te vinden en adviezen te geven aan jongedames die op een kostschool zitten. Maar ik denk dat ik het dieptepunt nu heb bereikt, in de vorm van het briefje dat ik hedenochtend heb ontvangen. Lees het maar eens!' Hij gooide me een verfrommeld velletje papier toe.

Het was de vorige avond vanuit Montague Place verzonden en had de volgende inhoud:

Mijn beste Meneer Holmes,

Ik zou u graag willen raadplegen over de vraag of ik al dan niet in moet gaan op een positie die mij is aangeboden als gouvernante. Wanneer het u schikt, zal ik morgenochtend om halfelf naar u toe komen.

Hoogachtend, Violet Hunter

'Ken je die jongedame?' vroeg ik.

'Nee.'

'Het is nu halfelf.'

'Ja, en ik twijfel er niet aan dat zij degene is die zojuist heeft aangebeld.'

'Misschien blijkt het wel interessanter te zijn dan je denkt. Herinner je je die kwestie nog rond de blauwe karbonkel, die aanvankelijk niets bijzonders leek te zijn, maar uiteindelijk leidde tot een serieus onderzoek? Misschien dat deze kwestie zich net zo zal ontwikkelen.'

'Laten we het maar hopen. Maar aan onze twijfel zal spoedig een einde komen, want tenzij ik het helemaal mis heb, komt hier de persoon in kwestie.'

'Ik ben er zeker van dat u het me zult vergeven dat ik u lastigval,' zei de jonge vrouw die eenvoudig maar netjes gekleed was, een slim, levendig gezicht vol sproetjes had en zich gedroeg als een vrouw die zich op deze wereld alleen staande moest zien te houden. 'Ik heb iets heel vreemds meegemaakt en ik heb geen ouders of verwanten die ik om raad kan vragen. Dus dacht ik dat u misschien wel zo vriendelijk zou willen zijn me te vertellen wat ik moet doen.'

'Gaat u alstublieft zitten, juffrouw Hunter. Het zal me een waar genoegen zijn iets te doen waarmee ik u van dienst kan zijn.'

Ik kon zien dat de manier van doen en spreken van de nieuwe

cliënte een gunstige indruk maakte op Holmes. Hij bekeek haar met zijn bekende, onderzoekende blik. Toen had hij zichzelf weer in de hand, liet zijn oogleden zakken, deed zijn vingertoppen tegen elkaar en luisterde naar wat onze bezoekster te vertellen had.

'Ik ben al vijf jaar gouvernante,' zei ze, 'bij het gezin van kolonel Spence Munro. Maar twee maanden geleden kreeg de kolonel een aanstelling in Halifax in Nova Scotia en heeft zijn kinderen meegenomen naar Amerika, zodat ik zonder werk zat. Ik heb een advertentie geplaatst en op advertenties gereageerd, maar zonder succes. Na verloop van tijd raakten mijn spaarcentjes op en wist ik niet meer wat ik kon doen.

In West End is een bekend bureau voor gouvernantes, Westaway geheten, en daar ging ik ongeveer één keer per week heen om te zien of ze iets hadden waar ik op in kon gaan. Westaway was de naam van de opzichter van het bureau, dat nu wordt geleid door mejuffrouw Stoper. Ze zit daar in een klein kantoortje en de dames die werk zoeken, moeten in een kleine antichambre wachten en mogen dan een voor een binnenkomen, waarna zij haar dossiers doorkijkt of er iets passends is aangeboden.

Toen ik er vorige week heen was gegaan, werd ik zoals gewoonlijk het kleine kantoortje binnengeroepen, maar zag toen dat juffrouw Stoper niet alleen was. Een zeer gezette man met een van oor tot oor glimlachend gezicht en een dikke kin en een hals met vele plooien, zat naast haar. Hij had een bril op en bekeek de dames die binnenkwamen heel aandachtig. Toen ik binnenkwam, veerde hij op van zijn stoel en wendde zich toen snel tot juffrouw Stoper.

"Die vrouw is geschikt," zei hij. "Ik zou me niets beters kunnen wensen. Geweldig! Geweldig!" Hij leek erg enthousiast en wreef zeer tevreden in zijn handen. Hij was zo zichtbaar in zijn element dat het een genoegen was naar hem te kijken.

"Bent u op zoek naar werk, juffrouw?" vroeg hij.

"Ja meneer."

"Als gouvernante?"

"Ja meneer."

"Hoeveel salaris wilt u daarvoor hebben?"

"Kolonel Spence Munro, mijn vorige werkgever, gaf me vier pond per maand."

"O, tut, tut, tut," zei hij. "Wat een hongerloontje! Wat een afschuwelijk hongerloontje!" Hij hief zijn armen ten hemel, als iemand die spinnijdig is. "Hoe durft iemand het te wagen een jongedame die zo aantrekkelijk en begaafd is, met zo'n miezerig salaris af te schepen?"

"Mijn vaardigheden zijn wellicht niet zo groot als u vermoedt, meneer," zei ik. "Ik spreek een beetje Frans en Duits, ik kan een beetje muziek maken en tekenen."

"Tut, tut!" riep hij weer. "Dat doet er in wezen helemaal niets toe. Het gaat erom of u zich als een dame kunt gedragen. Dat is het belangrijkste, kort samengevat. Wanneer u dat niet kunt, bent u niet geschikt om een kind groot te brengen dat wellicht op een dag een belangrijke rol zal spelen in de geschiedenis van dit land. Maar wanneer u dat wel kunt, is het onmogelijk dat een heer van u kan verlangen dat u genoegen neemt met een salaris van minder dan drie cijfers. Bij mij zou u kunnen beginnen met een salaris van honderd pond per jaar."

U zult zich kunnen voorstellen, meneer Holmes, dat een dergelijk aanbod voor mij in mijn penibele omstandigheden bijna te mooi was om waar te zijn. Maar de heer, die wellicht de ongelovige blik op mijn gezicht zag, haalde een portefeuille te voorschijn en pakte daar een bankbiljet uit.

"Het is ook mijn gewoonte," zei hij, plezierig glimlachend tot zijn ogen twee glanzende streepjes waren te midden van de witte plooien in zijn gezicht, "om mijn jongedames de helft van hun salaris vooruit te betalen, zodat ze de geringe kosten kunnen dekken van hun reis en garderobe."

Ik had de indruk dat ik nog nooit zo'n fascinerende en attente man had ontmoet. Omdat ik bij diverse leveranciers al in het krijt stond, kwam dat voorschot me goed van pas. Maar toch had die hele transactie iets onnatuurlijks, waardoor ik iets meer wilde weten voordat ik me vastlegde.

"Mag ik u vragen waar u woont, meneer?" zei ik.

"Hampshire. Heerlijk landelijke omgeving. In De Bruine Beuken, zo'n kilometer of acht voorbij Winchester. Het landschap is er werkelijk heel lieflijk, mijn beste jongedame, en mijn landhuis al eveneens."

"En waaruit zal mijn werk bestaan, meneer? Dat zou ik eerst graag willen weten."

"Een kind. Een lief klein baasje dat net zes jaar is geworden. O, u zou eens moeten kunnen zien hoe hij kakkerlakken met zijn pantoffeltje doodslaat! Béng! Béng! Béng! Drie kakkerlakken om zeep gebracht voor je de tijd krijgt met je ogen te knipperen!" Hij leunde achterover in zijn stoel en lachte zodanig dat zijn ogen weer in zijn gezicht verdwenen.

Ik schrok een beetje van de manier waarop het kind zich leek te amuseren, maar het lachen van de vader gaf me de indruk dat hij misschien een grapje maakte.

"Dus hoef ik alleen maar voor dat ene kind te zorgen?" vroeg ik.

"Nee nee, mejuffrouw, dat zal niet uw enige taak zijn!" riep hij uit. "Ik ben er zeker van dat u met uw gezonde verstand zult aanvoelen dat u gehoor moet geven aan kleine opdrachten die mijn vrouw u wellicht zal geven, mits dat natuurlijk opdrachten zijn die een dame ten uitvoer kan brengen. Dat zal toch zeker geen probleem voor u zijn?"

"Het zal me een waar genoegen zijn u van dienst te zijn."

"Prima. Laten we het nu bijvoorbeeld eens over uw kleding hebben. We zijn nogal kieskeurige mensen, weet u – kieskeurig, maar vriendelijk. Wanneer we u zouden vragen een bepaalde jurk te dragen, zou u bereid zijn aan die kleine gril van ons toe te geven, nietwaar?"

"Ja," zei ik, behoorlijk verbaasd over die woorden.

"En wanneer we u zouden vragen op deze of gene plek te gaan zitten, zou u dat niet vervelend vinden?"

"O nee."

"En u bent ook bereid uw haar heel kort te laten knippen voor u naar ons toe komt?"

Ik kon mijn oren nauwelijks geloven. Zoals u kunt zien, meneer Holmes, is mijn haardos nogal weelderig en heeft die een merkwaardige kastanjebruine kleur. Men vindt hem artistiek. Ik dacht er niet over om die zomaar op te offeren voor een baan. "Ik ben bang dat dat volstrekt onmogelijk is," zei ik. Hij had me met zijn kleine ogen nogal aandachtig zitten opnemen en toen ik die opmerking maakte, zag ik een sombere uitdrukking op zijn gezicht verschijnen.

"Helaas is dit heel essentieel," zei hij. "Een kleine gril van mijn vrouw en zoals u weet, moet er aan grillen van een vrouw gehoor worden gegeven. Dus u bent niet bereid uw haar te laten afknippen?"

"Nee, meneer, absoluut niet," antwoordde ik vastberaden.

"Zoals u wilt. Dan is de zaak hiermee afgedaan. Het is jammer, want in alle andere opzichten zou u behoorlijk goed hebben voldaan. En nu, juffrouw Stoper, denk ik dat ik nog maar eens een paar andere dames moet bekijken."

Juffrouw Stoper was al die tijd druk in de weer geweest met haar papieren en had tegen geen van ons beiden iets gezegd. Nu keek ze me echter aan met zo'n geërgerde uitdrukking op haar gezicht dat ik wel moest vermoeden dat ze door mijn weigering een niet onaanzienlijk commissieloon was kwijtgeraakt.

"Wenst u uw naam hier ingeschreven te laten staan?" vroeg ze.

"Graag, juffrouw Stoper."

"Dat lijkt me in wezen vrij zinloos, omdat u dit schitterende aanbod op deze manier hebt afgewezen," zei ze scherp. "U kunt nauwelijks van ons verwachten dat we ons best doen om nogmaals een dergelijk aanbod voor u te zoeken. Een goede dag verder, juffrouw Hunter." Ze sloeg op een gong die op tafel stond en ik werd door een bediende de kamer uit geleid.

Toen ik terugging naar mijn kamer, meneer Holmes, en daar de provisiekast vrijwel leeg aantrof, en een paar rekeningen op tafel zag liggen, begon ik me af te vragen of ik niet iets heel doms had gedaan. Die mensen hadden eigenaardige grillen ten aanzien van uiterst ongewone zaken, maar uiteindelijk waren ze bereid voor die excentriciteit te betalen. Er zijn in Engeland maar weinig gouvernantes die honderd pond per jaar krijgen. Bovendien: wat had ik aan die lange haren van me? Vele mensen staat kort haar in feite beter en misschien dat dat ook wel voor mij opging. De dag daarna was ik geneigd te denken dat ik een vergissing had begaan en nog een dag later was ik daar zeker van. Bijna had ik mijn trots zo ver opzijgezet dat ik was teruggegaan naar het bureau om te vragen of de betrekking nog vacant was. Maar op dat moment ontving ik deze brief van de heer in kwestie. Ik zal hem u voorlezen.

De Bruine Beuken, omgeving Winchester

Mijn beste Mejuffrouw Hunter,

Juffrouw Stoper is zo vriendelijk geweest me uw adres te geven en nu schrijf ik u om u te vragen op uw beslissing terug te komen. Mijn vrouw zou heel graag zien dat u hierheen komt, want de beschrijving die ik haar van u heb gegeven, sprak haar bijzonder aan. We zijn bereid u dertig pond per kwartaal te betalen, of honderdtwintig pond per jaar, als compensatie voor de kleine ongemakken die onze grillen voor u kunnen veroorzaken.

We zijn niet veeleisend, weet u. Mijn vrouw houdt van een bepaalde lichtblauwe kleur en zou het prettig vinden wanneer u 's morgens een jurk in die tint aantrok. U hoeft niet de moeite te nemen die te kopen, want wij hebben er zo een hangen. Die is van mijn lieve dochter Alice (die thans in Philadelphia verblijft) en zal u volgens mij uitstekend passen. U zult geen ongemakken ondervinden van een verzoek hier of daar te gaan zitten of u op een bepaalde manier te amuseren. En wat uw haren betreft: ik ben bang dat ik ten aanzien daarvan moet insisteren, hoe jammer dat ook is, vooral omdat het me tijdens ons korte gesprek terdege is opgevallen hoe mooi die zijn. Ik hoop dat het verhoogde salaris voldoende compensatie zal zijn voor dat verlies. Uw plichten ten aanzien van het kind zijn licht van aard. Probeert u alstublieft te komen. Ik zal u dan met de dogkar in Winchester afhalen. Laat me weten met welke trein u arriveert.

Hoogachtend, Jephro Rucastle

Zo luidt de brief die ik net heb ontvangen, meneer Holmes, en ik heb besloten die betrekking aan te nemen. Ik meende echter wel dat het niet onverstandig was deze hele kwestie aan u voor te leggen alvorens de laatste, beslissende stap te nemen.'

'Tja, juffrouw Hunter, wanneer u een besluit heeft genomen, ligt deze zaak vast,' zei Holmes glimlachend.

'U zou me niet aanraden er niet op in te gaan?'

'Ik moet bekennen dat het geen baan is waarnaar ik een zuster van mij graag zou zien solliciteren.'

'Wat heeft dat alles dan toch te betekenen, meneer Holmes?'

'Ik beschik niet over gegevens. Dat kan ik dus niet zeggen. Misschien heeft u zelf al een bepaalde mening gevormd?'

'Volgens mij kan dit alles maar één ding betekenen. De heer Rucastle leek me een heel vriendelijke, goedgehumeurde man te zijn. Het is niet onmogelijk dat zijn vrouw krankzinnig is en dat hij daar geen ruchtbaarheid aan wenst te geven uit angst dat ze dan naar een gesticht zal worden gebracht. Dat hij gevolg geeft aan al haar grillen om een uitbarsting te voorkomen.'

'Dat kan. Zo op het eerste gezicht is dat zelfs de meest aannemelijke verklaring. Maar in ieder geval lijkt het me geen aardig huishouden voor een jonge vrouw.'

'Maar het salaris, meneer Holmes, het salaris!'

'Dat is goed. Te goed, in feite. Dat maakt me achterdochtig. Waarom zijn ze bereid u 120 pond te betalen, wanneer ze talloze gouvernantes kunnen vinden die bereid zijn genoegen te nemen met veertig pond per jaar? Daar moeten ze een heel grondige reden voor hebben.'

'Ik ben van de veronderstelling uitgegaan dat ik later, indien nodig, uw hulp kan inroepen wanneer ik u nu van de stand van zaken op de hoogte stelde. Ik zou me veel geruster voelen wanneer ik de zekerheid had dat u bereid was me te steunen.'

'Daar kunt u verzekerd van zijn. Ik moet constateren dat dit kleine probleempje van u het interessantste belooft te worden van al die zaken waarmee ik de afgelopen maanden ben geconfronteerd. Een aantal aspecten ervan is duidelijk nieuw. Wanneer er een moment komt waarop u gaat twijfelen of meent in gevaar te verkeren...'

'Gevaar? Welk gevaar voorziet u dan?'

Holmes schudde ernstig zijn hoofd. 'Het zou geen gevaar meer zijn wanneer we het konden definiëren,' zei hij. 'Maar een telegram, wanneer dan ook verstuurd, overdag of 's nachts, zal ervoor zorgen dat ik meteen op reis ga om u te helpen.'

'Daar heb ik voldoende aan.' Snel stond ze op uit haar stoel en ieder spoortje van bezorgdheid was van haar gezicht verdwenen. 'Nu kan ik met een gerust hart naar Hampshire vertrekken. Ik zal de heer Rucastle meteen een brief schrijven en vanavond nog mijn arme haar offeren. Morgen vertrek ik dan naar Winchester.' Na Holmes nog een paar dankwoorden te hebben toegevoegd, wenste ze ons beiden een goede avond en vertrok met ruisende rokken.

Toen ik haar met snelle, ferme pas de trap af hoorde lopen, zei ik: ‘In ieder geval lijkt ze me een jongedame te zijn die uitstekend voor zichzelf kan zorgen.’

‘Dat zal ze nog nodig hebben,’ zei Holmes ernstig. ‘Ik zou me al heel erg vergissen wanneer we niet spoedig iets van haar horen.’

Het duurde niet lang voordat de voorspelling van mijn vriend uitkwam. Veertien dagen verstreken en in die tijd moest ik vaak aan haar denken en vroeg ik me af welk vreemd zijpad deze eenzame vrouw was ingeslagen. Het ongebruikelijke salaris, de merkwaardige voorwaarden, de lichte werkzaamheden, alles wees op iets abnormaals. Maar ik kon niet bepalen of het nu ging om grillen of een complot. Of de man een weldoener of een boef was. Vaak zag ik Holmes een halfuur lang met samengetrokken wenkbrauwen en een afwezig air zitten. Maar wanneer ik over deze kwestie begon, veegde hij die met een ongeduldig handgebaar onder tafel. ‘Gegevens! Ik heb gegevens nodig!’ riep hij dan uit. ‘Ik kan geen stenen bakken zonder klei!’ En toch voegde hij daar dan altijd mompelend aan toe dat een zuster van hem een dergelijke aanstelling nooit had mogen aanvaarden.

Het telegram dat we uiteindelijk ontvingen, werd laat op een avond bezorgd, net toen ik van plan was naar bed te gaan en Holmes van plan was zich, zoals wel vaker voorkwam, de hele nacht bezig te houden met een chemisch onderzoek. Hij maakte de enveloppe open, las snel de boodschap en gooide mij vervolgens het telegram toe.

Wilt u er alstublieft voor zorgen morgen om twaalf uur 's middags in hotel De Zwarte Zwaan in Winchester te zijn? Komt u alstublieft. Ik ben ten einde raad.

Hunter

Zo luidde de korte, dringende boodschap.

'Ga je met me mee?' vroeg Holmes.

'Graag.'

'Kijk dan eens welke trein we moeten nemen.'

'Om halfnegen vertrekt er een,' zei ik, blikkend in mijn spoorboekje. 'En die komt om halftwaalf in Winchester aan.'

'Prima. Misschien dat ik er verstandiger aan doe maar even te wachten met het analyseren van deze verschillende soorten aceton, omdat het nodig kan zijn dat we morgen op ons best zijn.'

Om elf uur de volgende dag waren we al een eind op weg naar de oude stad. Holmes had de hele reis volkomen verdiept in de ochtendbladen gezeten, maar nadat we de grens van Hampshire waren gepasseerd, legde hij die weg en begon het landschap te bewonderen. Het was een ideale lentedag met een lichtblauwe lucht waaraan her en der schapenwolkjes van het westen naar het oosten dreven. De zon scheen bijzonder stralend, maar toch was de lucht verkwikkend koel, waardoor je je van energie vervuld voelde. Overal in de omgeving, tot de glooiende heuvels rond Aldershot, zagen we kleine rode en grijze daken van de boerderijen tussen het lichtgroen van de omhoogschietende gewassen uitkomen.

'Ziet het er niet allemaal nieuw en mooi uit?' riep ik met al het enthousiasme van iemand die net Baker Street heeft verlaten, en daar aan de gele mist was gewend.

Holmes schudde ernstig zijn hoofd.

'Weet je, Watson,' zei hij, 'dat een geest als de mijne in die zin is vervloekt dat ik alles moet bezien in het licht van een onderzoek waarmee ik bezig ben? Jij kijkt naar die huizen die her en der te zien zijn en bent onder de indruk van hun schoonheid. Ik kijk ernaar en denk alleen maar hoe geïsoleerd ze liggen en hoe ongestraft er daar misdaden kunnen worden gepleegd.'

'Mijn hemel!' riep ik uit. 'Wie zou nu een misdaad in verband brengen met die fraaie oude boerderijen?'

'Ze vervullen me altijd met een zekere afschuw. Ik ben van mening, Watson, en die mening is op ervaring gestoeld, dat er in de meest smerige en afgelegen steegjes in Londen niet meer afschuwelijke zonden zijn begaan dan op het vriendelijke, mooie platteland.'

'Wat een afschuwelijke opmerking!'

'De reden ervoor ligt zonder meer voor de hand. In de steden kan de druk van de publieke opinie dingen bereiken die door de wet niet kunnen worden gerealiseerd. Ook in de smerigste steegjes blijft het gegil van een mishandeld kind of het geluid van een vechtende dronkaard niet onopgemerkt. Iets dergelijks wekt bij de buren medelijden en verontwaardiging op. Een enkel woord is dan voldoende om het juridische apparaat in werking te laten treden en dan is de misdaad slechts een stap van de beklaagdenbank verwijderd. Maar kijk nu eens naar deze afgelegen huizen, ieder omgeven door een groot stuk grond, die voor het merendeel worden bewoond door arme, onwetende mensen die maar weinig wetskennis hebben. Denk eens aan de afschuwelijke wreedheden die in zulke huizen jaar in jaar uit kunnen worden begaan zonder dat iemand er ooit iets van hoort. Wanneer de dame die onze hulp heeft ingeroepen, in Winchester was gaan wonen, zou ik niet bang voor haar welzijn zijn geweest. Maar het feit dat De Bruine Beuken zo'n acht kilometer verderop ligt, wijst op gevaar. Toch is het duidelijk dat ze niet persoonlijk wordt bedreigd.'

'Inderdaad. Wanneer ze naar Winchester kan komen om met ons te spreken, kan ze het huis dus verlaten.'

'Klopt. Ze heeft haar persoonlijke vrijheid nog.'

'Maar wat zou er dan aan de hand kunnen zijn?' Kun jij er niet een verklaring voor bedenken?'

'Ik heb er een paar afzonderlijke verklaringen voor bedacht, die alle de feiten dekken voorzover die ons thans bekend zijn. Maar welke de juiste is, kan alleen worden bepaald door de nieuwe informatie die we ongetwijfeld zullen krijgen. Daar zie ik de toren van de kathedraal al. We zullen nu spoedig kunnen vernemen wat juffrouw Hunter ons te vertellen heeft.'

De Zwarte Zwaan is een bekend etablissement aan de hoofdstraat van Winchester. Het ligt vlak bij het station. We troffen er de jongedame aan, wachtend op ons. Ze had een zitkamer besproken en op tafel stond al een lunch voor ons klaar.

'Ik ben zo blij dat u bent gekomen,' zei ze oprecht. 'Zo aardig van u beiden. Ik heb van hem permissie gekregen om vanmorgen naar de stad te gaan. Ik ben werkelijk ten einde raad. Uw advies zal voor mij van onschatbare waarde zijn.'

'Vertelt u ons alstublieft wat u is overkomen.'

'Dat zal ik doen, maar het moet snel gebeuren, want ik heb de heer Rucastle beloofd voor drieën terug te zijn.'

'Vertelt u alles alstublieft in de juiste volgorde,' zei Holmes, die zijn lange benen uitstrekte in de richting van de haard en klaarzat om te luisteren.

'In de eerste plaats kan ik zeggen dat ik over het algemeen genomen niet onheus ben behandeld door de heer en mevrouw Rucastle. Dat moet ik die mensen nageven. Maar ik kan hen niet begrijpen en ik maak me zorgen over hen.'

'Wat kunt u niet begrijpen?'

'De redenen voor hun gedrag. Maar ik zal u alles in de juiste volgorde vertellen. Toen ik hier arriveerde, werd ik door de heer Rucastle opgewacht. In zijn dogkar nam hij me toen mee naar De Bruine Beuken. Dat huis ligt inderdaad, zoals hij al gezegd had, in een prachtige omgeving maar is op zich niet mooi. Het is een groot, vierkant gebouwd huis, witgekalkt, maar vol bruine plekken door het vocht en het slechte weer. Er ligt een grote lap grond omheen, aan drie zijden bebost. Aan de vierde zijde is een groot weiland dat doorloopt tot de hoofdweg naar Southampton. Dat weiland hoort bij het huis. De bosgebieden behoren tot het landgoed van Lord Southerton. Een aantal bruine beuken recht voor de hoofdingang heeft aan het huis zijn naam gegeven.

Ik werd erheen gereden door mijn werkgever, die weer bijzonder vriendelijk was. Die avond stelde hij me voor aan zijn vrouw en kind. De in uw kamers in Baker Street geopperde veronderstelling die ons toen zo aannemelijk leek bleek niet te kloppen, meneer Holmes. Mevrouw Rucastle is niet krankzinnig. Ze bleek een zwijgzame vrouw te zijn met een bleek gezicht. Veel jonger dan haar man, niet ouder dan dertig jaar, denk ik, terwijl hij bijna niet jonger kan zijn dan vijfenveertig. Uit hun gesprek heb ik opgemaakt dat ze een jaar of zeven zijn getrouwd, dat hij weduwnaar was en dat het enige kind uit zijn eerste huwelijk de dochter was van wie hij vertelde dat ze in Philadelphia zat. Onder vier ogen heeft de heer Rucastle me verteld dat zijn dochter weg was gegaan omdat ze een onbillijke afkeer had van haar stiefmoeder. Omdat die dochter toen niet jonger geweest kon zijn dan twintig jaar kan ik me voorstellen dat ze zich in het gezelschap van haar vaders jonge echtgenote niet op haar gemak voelde.

Ik vond mevrouw Rucastle kleurloos, zowel van geest als qua uiterlijk. Ze maakte een gunstige noch een ongunstige indruk op me. Ze was eenvoudigweg een onbetekenend persoon. Duidelijk was zonder meer dat ze haar echtgenoot en hun zoontje volledig was toegewijd. Haar lichtgrijze ogen gleden voortdurend van de een naar de ander, iedere kleine behoefte ziend en zo mogelijk voorkomend. Op zijn eigen lawaaierige manier was hij ook vriendelijk voor haar en over het algemeen leken ze een gelukkig paar te zijn. Maar toch had die vrouw een geheim verdriet. Vaak leek ze in diep gepeins verzonken te zijn en dan lag er een intens trieste blik op haar gezicht. Meer dan eens heb ik haar zien huilen wanneer ik haar bij toeval ontmoette. Soms dacht ik dat ze zo veel verdriet had vanwege de aard van haar kind, want ik heb nog nooit een zo volkomen verwend en slechtgehumeurd klein wezen ontmoet. Hij is klein voor zijn leeftijd, met een hoofd dat verhoudingsgewijs heel groot is. Hij lijkt niets anders te kunnen doen dan als een razende rondrennen of pruilend in een hoekje zitten. Hij lijkt zich het beste te kunnen amuseren door wezens die zwakker zijn dan hij pijn te doen en is opmerkelijk getalenteerd waar het het vangen van muizen, kleine vogels en insecten betreft. Maar ik zou over dat wezentje liever niet praten, meneer Holmes, omdat hij met mijn verhaal in feite weinig te maken heeft.'

'Ik hoor graag alle details,' zei mijn vriend, 'of die in uw ogen nu relevant zijn of niet.'

'Ik zal proberen niets over te slaan wat van belang is. Ik werd meteen getroffen door een onaangenaam aspect van het huis en dat waren het uiterlijk en de manier van doen van de bedienden. Ze hebben er slechts twee, een man en diens echtgenote. Toller, dat is de naam van die man, is een ruw, lomp persoon met grijze haren en een grijze snor en stinkt voortdurend naar drank. Sinds ik in dat huis woon, is hij tweemaal stomdronken geweest en toch schijnt de heer Rucastle daar geen aandacht aan te schenken. Zijn vrouw is heel lang en sterk. Ze heeft een zuur gezicht. Ze is even zwijgzaam als mevrouw Rucastle, maar een stuk minder vriendelijk. Een hoogst onaangenaam echtpaar dus, maar gelukkig breng ik het merendeel van mijn tijd in de kinderkamer door, of in mijn eigen kamer, die in een hoek van het huis naast elkaar liggen.

Gedurende de eerste twee dagen na mijn aankomst verliep het leven heel rustig. Op de derde dag kwam mevrouw Rucastle kort na het ontbijt naar beneden en fluisterde haar man iets in het oor.

"O ja," zei hij en hij wendde zich tot mij, "we vinden het heel plezierig, juffrouw Hunter, dat u zich zodanig naar onze wensen heeft geschikt dat u uw haren heeft laten afknippen. Ik kan u verzekeren dat uw verschijning er in het geheel geen schade door heeft geleden. We zullen nu eens kijken hoe de lichtblauwe jurk u staat. Hij is voor u klaargelegd op uw bed in uw kamer en we zouden u beiden heel dankbaar zijn wanneer u zo vriendelijk zou willen zijn hem nu aan te gaan trekken."

De jurk had inderdaad een merkwaardige kleur blauw, zag ik. Hij was van een uitstekende kwaliteit, maar duidelijk wel al gedragen. Hij paste me als een maatjurk. De heer en mevrouw Rucastle reageerden enthousiast toen ze me hem zagen dragen, zo enthousiast dat het me beslist overdreven voorkwam. Ze zaten op me te wachten in de salon, een heel grote kamer over de hele breedte van het huis, met drie lange ramen die tot de grond reikten. Er was een stoel vlak bij het middelste raam neergezet, de rugleuning daarheen gekeerd. Ze vroegen me daarop plaats te nemen. Toen begon de heer Rucastle aan de andere kant van de kamer heen en weer te lopen en vertelde me enige verhalen die komischer waren dan ik ooit had gehoord. U kunt zich niet voorstellen hoe humoristisch hij was en ik moest er zo om lachen dat ik er op een gegeven moment moe van werd. Maar mevrouw Rucastle, die kennelijk geen gevoel voor humor heeft, glimlachte zelfs niet éénmaal. Ze zat daar maar, met haar handen in haar schoot en een treurige, bezorgde blik op haar gezicht. Na ongeveer een uur merkte de heer Rucastle plotseling op dat het tijd werd om aan de dagelijkse plichten te gaan voldoen. Ik mocht iets anders gaan aantrekken en moest daarna naar de kleine Edward in de kinderkamer gaan.

Twee dagen later speelde eenzelfde tafereel zich onder exact dezelfde omstandigheden af. Weer trok ik die lichtblauwe jurk aan. Weer ging ik voor het raam zitten. En weer moest ik heel smakelijk lachen om de komische verhalen uit het kennelijk immens grote repertoire van mijn werkgever, die onnavolgbaar kon vertellen. Toen gaf hij me een roman in een gele kaft. Hij verschoof mijn stoel een beetje naar opzij, zodat mijn eigen schaduw niet op de bladzijden kon vallen, en vroeg me dringend hem voor te lezen.

Dat deed ik ongeveer tien minuten lang en begon daarbij midden in een hoofdstuk. Plotseling gaf hij me toen, midden in een zin, opdracht ermee op te houden en iets anders aan te gaan trekken.

U kunt zich gemakkelijk voorstellen, meneer Holmes, hoe nieuwsgierig ik werd naar de betekenis van deze kleine voorstelling. Het was me opgevallen dat ze er altijd voor zorgden dat mijn gezicht niet naar het raam was gekeerd, zodat ik op een gegeven moment hoe dan ook wilde zien wat er achter mijn rug gebeurde. Aanvankelijk leek ik daar niet achter te kunnen komen, maar al spoedig had ik een list bedacht. Mijn handspiegel was gebroken en dat bracht me op een idee. Ik verborg een stukje glas in mijn zakdoekje. Toen ik de keer daarop weer zo moest lachen, bracht ik dat zakdoekje naar mijn ogen en kon toen zien wat er achter me gebeurde. Ik moet bekennen dat ik me teleurgesteld voelde. Ik zag niets. In ieder geval was dat mijn eerste indruk. Maar toen ik voor de tweede maal keek, zag ik een man staan op de hoofdweg naar Southampton, een kleine, bebaarde man in een grijs pak, die mijn kant op leek te kijken. Het is een belangrijke hoofdweg en gewoonlijk lopen er wel mensen. Maar deze man stond tegen de omheining van het weiland geleund en keek aandachtig omhoog naar het huis. Ik liet mijn zakdoekje weer zakken en zag dat mevrouw Rucastle me heel onderzoekend aan het opnemen was. Ze zei niets, maar ik ben ervan overtuigd dat ze had geraden dat ik een spiegel in mijn hand had en had gezien wat er achter me gebeurde. Ze kwam meteen overeind.

"Jephro," zei ze, "er staat een onbeschofte man daar op de weg, die juffrouw Hunter aan het aanstaren is."

"Een vriend van u, juffrouw Hunter?" vroeg hij.

"Nee, ik ken hier niemand."

"Mijn hemel! Wat onbeschoft! Wilt u zich even omdraaien en hem een teken geven dat hij weg moet gaan?"

"Zou het niet beter zijn domweg geen aandacht aan hem te besteden?"

"Nee nee, want dan blijft hij hier verder ongetwijfeld rondhangen. Draait u zich alstublieft om en gebaar hem weg te gaan."

Ik deed wat me werd verzocht en op datzelfde moment liet mevrouw Rucastle het rolluik zakken. Dat is nu een week geleden gebeurd en sinds die tijd heb ik niet meer voor het raam gezeten, noch de blauwe jurk gedragen, noch de man op de weg gezien.'

'Gaat u alstublieft verder,' zei Holmes. 'Uw verhaal belooft hoogst interessant te worden.'

'Ik ben bang dat het nogal onsamenhangend is en het kan zijn dat er geen of weinig verband bestaat tussen de incidenten die ik noem. Op de allereerste dag dat ik in De Bruine Beuken zat, nam de heer Rucastle me mee naar een kleine schuur die vlak bij de keukendeur staat. Toen we erop af liepen, hoorde ik het scherpe ratelen van een ketting en het geluid van een groot dier dat zich bewoog.

"Kijk eens naar binnen!" zei de heer Rucastle en hij wees me op een spleet tussen twee planken. "Is het geen schoonheid?"

Ik keek naar binnen en zag twee gloeiende ogen en een vage gestalte die in het donker ineengedoken zat.

"U hoeft niet bang te zijn," zei mijn werkgever en hij lachte om mijn schrikreactie. "Dat is Carlo, mijn kettinghond. Ik zeg dat hij van mij is, maar eigenlijk is hij het eigendom van die oude Toller. In die zin in ieder geval dat die de enige is naar wie hij luistert. We geven hem éénmaal per dag te eten en niet al te veel, zodat hij altijd uiterst waakzaam blijft. Toller laat hem iedere nacht los en God sta degene bij die dit terrein op loopt en met zijn klauwen in aanraking komt. Gaat u in vredesnaam, om welke reden dan ook, 's avonds nooit naar buiten, want het zou u uw leven kunnen kosten."

Die waarschuwing was niet ten onrechte gegeven. Twee nachten later keek ik rond twee uur 's morgens toevallig uit het raam van mijn slaapkamer. Het was een prachtige, maanverlichte nacht en het grasveld voor het huis was zo zilverachtig verlicht dat het vrijwel even duidelijk zichtbaar was als overdag. Ik stond daar vol verrukking te kijken naar dat prachtige, vredige tafereeltje toen ik me er opeens van bewust werd dat iets zich in de schaduw van de bruine beuken bewoog. Toen het uit die schaduw in het maanlicht te voorschijn kwam, kon ik zien wat het was. Een reusachtige hond, zo groot als een kalf, donkerbruin en met openhangende bek, een zwarte snuit en grote, uitstekende botten. Het dier liep snel over het grasveld en verdween aan de andere kant van het huis weer in de duisternis. Die afschuwelijke wachtpost joeg me de rillingen over mijn rug, meer dan een inbreker dat volgens mij ooit zou hebben kunnen doen.

En nu moet ik u vertellen over een heel vreemde ervaring. Zoals u weet, had ik mijn haar in Londen laten afknippen. Ik had er een vlecht van gemaakt en die onder in mijn hutkoffer gelegd. Op een avond, nadat het kind naar bed was gegaan, amuseerde ik me met het bekijken van de meubels in mijn kamer, en het anders neerzetten van mijn eigen spulletjes. Er stond een oude ladekast in mijn kamer. De twee bovenste laden stonden open en waren leeg. De onderste was afgesloten. In die bovenste laden had ik mijn ondergoed gedaan en omdat ik nog veel moest opbergen, ergerde het me natuurlijk dat ik die derde la niet kon gebruiken. Ik bedacht dat hij misschien bij toeval was afgesloten, dus haalde ik mijn sleutelbos te voorschijn en probeerde hem open te maken. De allereerste sleutel bleek al precies te passen en ik trok de la open. Er lag maar één ding in, maar ik ben er zeker van dat u nooit zult raden wat het was: mijn vlecht.

Ik pakte hem en bekeek hem aandachtig. Zelfde opvallende kleur, zelfde dikte. Maar het was toch onmogelijk dat mijn haar in die lade weggesloten was? Met trillende handen maakte ik mijn hutkoffer open, haalde alles eruit en vond op de bodem mijn eigen vlecht. Ik legde de twee vlechten naast elkaar en ik kan u verzekeren dat die identiek waren. Was dat niet iets buitengewoons? Ik kon niet begrijpen wat het te betekenen kon hebben. Ik legde het vreemde haar weer in de lade en sprak er niet over met de Rucastles, omdat ik meende dat ik een lade die ze hadden afgesloten, niet had mogen openen.

Zoals u wellicht is opgevallen, meneer Holmes, ben ik nogal opmerkzaam van aard en al spoedig had ik de plattegrond van het huis redelijk goed in mijn hoofd geprent. Eén vleugel leek echter in het geheel niet te worden gebruikt. Een deur tegenover die welke naar de verblijven van de Tollers leidde, gaf toegang tot die suite, maar zat altijd op slot. Maar toen ik op een dag de trap op liep, kwam ik de heer Rucastle tegen op het moment dat hij die deur uit kwam. De uitdrukking die toen op zijn gezicht lag, maakte hem een heel ander iemand dan de joviale man die ik gewend was te zien. Zijn wangen waren rood, zijn voorhoofd zat vol boze rimpels en de aderen bij zijn slapen waren opgezwollen. Hij had een sleutelbos in zijn hand en deed de deur weer op slot. Toen liep hij snel langs me heen, zonder iets te zeggen of me ook maar een blik waardig te keuren.

Daardoor werd ik nieuwsgierig. Dus ging ik met het kind een wandelingetje maken op het terrein rond het huis en liep op mijn dooie gemakje in de richting van de ramen van die vleugel. Er waren er vier. Drie ervan waren smerig. Het vierde was met luiken afgesloten. Alle kamers waren duidelijk onbewoond. Terwijl ik daar zo op en neer liep, kwam de heer Rucastle op me afgelopen en hij zag er weer even joviaal en vrolijk uit als altijd.

"Aha!" zei hij. "Ik hoop dat u het me niet kwalijk neemt dat ik zo onbeleefd was zonder iets te zeggen langs u heen te lopen, mijn beste jongedame. Ik werd geheel in beslag genomen door zakelijke aangelegenheden."

Ik verzekerde hem dat ik me niet beledigd voelde. "Tussen twee haakjes," zei ik, "u heeft hier nogal wat kamers leeg staan, meen ik te zien. Voor een van die ramen zijn de luiken gesloten."

Die opmerking van me leek hem te verbazen en ook een beetje aan het schrikken te maken, meende ik.

"Een van mijn hobby's is fotograferen," zei hij toen. "Achter dat luik is mijn donkere kamer. Maar mijn hemel! Wat bent u een opmerkelijk opmerkzame jonge vrouw! Wie had dat kunnen denken? Wie had dat kunnen denken?" Hij sprak op plagerige toon, maar zijn ogen lachten niet mee toen hij me aankeek. Ik las er achterdocht in, en ergernis, maar geen spot.

Vanaf het moment dat er daar in die kamers iets was waarvan ik niets mocht afweten, meneer Holmes, wilde ik nog maar één ding: er een kijkje gaan nemen. Niet alleen omdat ik nieuwsgierig was, al was dat natuurlijk ook zo. Ik had eerder het gevoel dat het mijn plicht was – het gevoel dat er iets goeds uit zou voortkomen wanneer ik tot die kamers kon doordringen. Ze hebben het vaak over het instinct van een vrouw. Misschien werd dat gevoel me door mijn instinct ingegeven. In ieder geval loerde ik op een kans om langs die verboden deur te glippen.

Pas gisteren kreeg ik die kans. Ik kan u verder nog vertellen dat ook Toller en diens vrouw wat te doen leken te hebben in die verlaten kamers en eens zag ik hem een grote zwarte linnen zak mee naar binnen nemen. De laatste tijd is hij weer stevig aan het drinken en gisterenavond was hij heel erg dronken. Toen ik naar boven ging, stak er een sleutel in het slot van die deur. Ik twijfelde er niet aan dat hij die erin had laten zitten. De heer en mevrouw Rucastle zaten beiden beneden en het kind was bij hen, zodat ik nu een schitterende kans had. Zachtjes draaide ik de sleutel in het slot om, deed de deur open en glipte naar binnen.

Voor me zag ik een kleine gang, zonder behang op de muren of een kleed op de grond, die achteraan een scherpe hoek naar rechts maakte. Toen ik die bocht had genomen, zag ik drie deuren, waarvan de eerste en de derde open waren. Die boden ieder toegang tot een lege kamer, stoffig en somber. De ene kamer had één raam, de andere twee. Die ramen zaten alledrie zó onder het stof dat ze nauwelijks enig licht doorlieten. De middelste deur was gesloten en was aan de buitenkant nog eens extra vergrendeld door een brede stang van een ijzeren bed, die aan één kant was vastgeketend aan een ijzeren ring in de muur en aan de andere kant met een dik touw. De sleutel stak niet in het slot. Deze gebarricadeerde deur hoorde zonder enige twijfel bij het raam waarvoor de luiken waren gesloten en toch kon ik door het licht dat tussen deur en drempel door kwam, concluderen dat die kamer niet in duisternis was gehuld. De kamer moest een dakraam hebben waar licht doorheen kwam. Toen ik in de gang naar die sinistere deur stond te staren en me afvroeg welk geheim erachter verborgen werd gehouden, hoorde ik in die kamer voetstappen en zag ik bij het spleetje licht een schaduw zich heen en weer bewegen. Bij het zien daarvan werd ik krankzinnig bang, meneer Holmes. Mijn toch al gespannen zenuwgestel liet me plotseling in de steek en ik draaide me om en zette het op een lopen. Ik rende alsof een afschuwelijke hand vlak achter me mijn jurk wilde beetpakken. Snel haastte ik me de gang door en toen ik de deur door kwam, liep ik regelrecht in de armen van de heer Rucastle, die daar buiten kennelijk op me had staan wachten.

"Ik dacht al dat u daar zat toen ik die deur open zag staan," zei hij glimlachend.

"O, ik ben zo bang," zei ik, naar adem snakkend.

"Mijn beste jongedame! Mijn beste jongedame!" U kunt zich niet voorstellen hoe strelend en geruststellend zijn stem klonk. "Wat heeft u dan wel zo bang gemaakt?"

Maar zijn stem klonk iets té verleidelijk. Dus was ik op mijn hoede.

"Ik ben zo dom geweest die lege vleugel in te lopen," antwoordde ik. "Maar het was er zo verlaten en griezelig en donker dat ik bang werd en meteen ben teruggerend. O, het is daar zo afschuwelijk stil!"

"Niet meer dan dat?" vroeg hij en hij keek me heel onderzoekend aan.

"Nee. Wat zou er dan nog meer moeten zijn?" vroeg ik.

"Waarom denkt u dat ik die deur op slot houd?"

"Dat weet ik absoluut niet."

"Om er mensen weg te houden die er niets te zoeken hebben. Begrijpt u dat?" Hij glimlachte nog steeds uiterst beminnelijk.

"Ik ben er zeker van dat ik, wanneer ik had geweten..."

"Dan weet u het nu. En wanneer u ooit nog eens een voet over die drempel zet, zal ik u aan de kettinghond voeren." De glimlach veranderde binnen één seconde in een woedende grijns en hij loerde naar me met het gezicht van een duivel.

Ik was zo bang dat ik me niet meer kan herinneren wat ik toen heb gedaan. Ik moet langs hem heen naar mijn kamer zijn gesneld. Ik kan me pas weer herinneren hoe ik trillend van top tot teen op mijn bed lag. Toen moest ik aan u denken, meneer Holmes. Ik kon er niet langer blijven zonder van iemand advies te krijgen. Ik was bang voor het huis, voor de man, voor de vrouw, voor de bedienden en zelfs voor het kind. Ik vond ze allemaal afschuwelijk. Wanneer ik u hierheen kon halen, zo meende ik, zou alles goed komen. Natuurlijk had ik het huis kunnen ontvluchten, maar mijn nieuwsgierigheid was bijna even sterk als mijn angst. Spoedig had ik een besluit genomen: ik zou u een telegram sturen. Ik trok mijn jas aan, zette mijn hoed op en liep naar het postkantoor, dat ruim een halve kilometer verderop is. Toen keerde ik naar het huis terug en voelde me een stuk geruster. Even werd ik doodsbang dat de hond los zou lopen, maar toen herinnerde ik me dat Toller zich die avond bewusteloos had gedronken. Hij was de enige in het huis die iets over het dier te zeggen had en hem los kon laten, dus wist ik dat ik me daarover geen zorgen hoefde te maken.

Veilig glipte ik weer naar binnen en lag de halve nacht wakker, zo blij was ik dat ik u weer zou zien. Het was vanmorgen niet moeilijk om toestemming te krijgen naar Winchester te gaan, maar ik moet voor drieën terug zijn, omdat de heer en mevrouw Rucastle op visite gaan en ik dan voor het kind moet zorgen. Nu heb ik u alles verteld wat me is overkomen, meneer Holmes, en ik zou heel erg blij zijn wanneer u me kunt vertellen wat dit alles te betekenen heeft en vooral wat ik nu moet doen.'

Holmes en ik hadden gefascineerd geluisterd naar dit merkwaardige verhaal. Nu stond mijn vriend op en liep door de kamer heen en weer, met zijn handen in zijn zakken en een zeer ernstige uitdrukking op zijn gezicht. 'Is Toller nog steeds dronken?' vroeg hij.

'Ja, ik heb zijn vrouw tegen mevrouw Rucastle horen zeggen dat ze niets met hem kon beginnen.'

'Uitstekend. En de Rucastles gaan vanmiddag op visite?'

'Ja.'

'Is er in het huis een kelder met een stevig slot?'

'Ja, de wijnkelder.'

'U heeft zich tot dusverre heel dapper en verstandig gedragen, juffrouw Hunter. Denkt u dat u nog iets belangrijks zou kunnen doen? Ik zou het u niet vragen wanneer ik niet vond dat u beslist een uitzonderlijke vrouw bent.'

'Ik zal mijn best doen. Wat moet ik doen?'

'Om zeven uur zullen mijn vriend en ik bij De Bruine Beuken arriveren. De Rucastles zullen dan al weg zijn en ik hoop dat Toller tegen die tijd tot niets meer in staat is. Dan zitten we alleen nog met mevrouw Toller, die alarm zou kunnen slaan. Het zou goed zijn wanneer u haar op een gegeven moment naar die kelder kunt laten gaan, om vervolgens de sleutel in het slot om te draaien. Daardoor zou alles een stuk eenvoudiger worden.'

'Dat zal ik doen.'

'Uitstekend! We zullen deze kwestie grondig onderzoeken. Natuurlijk bestaat er maar één denkbare verklaring voor. U bent daarheen gehaald om iemand na te bootsen en die iemand zit in die kamer opgesloten. Dat is duidelijk. En ik twijfel er niet aan dat degene die gevangenzit, mejuffrouw Alice Rucastle is, die zogenaamd naar Amerika is vertrokken. U werd ongetwijfeld uitgekozen omdat u qua lengte, figuur en haarkleur op haar lijkt. Haar haren waren kortgeknipt, hoogstwaarschijnlijk tijdens een ziekte die ze heeft gehad, en dus moest uw haardos er ook aan geloven. Door een merkwaardig toeval hebt u die haarvlecht van haar gevonden. De man op de hoofdweg was zonder enige twijfel een vriend van haar – wellicht haar verloofde. Omdat u haar jurk droeg en zoveel op haar lijkt, moet die man uit uw lachen en later uw gebaar hebben opgemaakt dat mejuffrouw Rucastle volmaakt gelukkig was en niet langer belang stelde in zijn attenties. 's Nachts wordt de hond losgelaten om te voorkomen dat hij probeert met haar in contact te komen. Tot dusverre is alles behoorlijk duidelijk. Het meest ernstige detail in dezen is de aard van het kind.'

'Wat heeft hij er in vredesnaam mee te maken?' riep ik uit.

'Mijn beste Watson, jij als arts weet dat je veel aan de weet kunt komen over de aard van een kind door het bestuderen van de ouders. Zie je dan niet in dat je ook van het omgekeerde veel kunt opsteken? Ik heb vaak voor het eerst het karakter van ouders werkelijk leren doorgronden door hun kinderen te bestuderen. Dit kind is abnormaal wreed. Wreed omwille van het wreedzijn. Ik weet niet of hij dat karaktertrekje heeft ontleend aan zijn glimlachende vader, hoewel ik dat wel vermoed, of aan zijn moeder, maar het betekent in ieder geval wel dat het arme meisje dat zij in hun macht hebben, kwaad zal geschieden.'

'Ik ben er zeker van dat u het bij het rechte eind heeft, meneer Holmes,' riep onze cliënte uit. 'Ik kan me opeens duizenden dingen herinneren die erop wijzen dat u de spijker op de kop heeft geslagen. O, laten we geen seconde verloren laten gaan en dat arme meisje meteen te hulp snellen.'

'We moeten voorzichtig te werk gaan, want we hebben te maken met een heel geslepen man. Tot zeven uur kunnen we niets doen. Op dat uur zullen we ons bij u voegen en niet lang daarna zullen we dit mysterie tot een oplossing brengen.'

We hielden woord, want klokslag zeven uur bereikten we De Bruine Beuken. Ons rijtuig hadden we achtergelaten bij een café langs de weg. Het groepje bomen waarvan de donkere bladeren in het licht van de ondergaande zon glansden als gepoetst metaal, was voldoende om het huis te herkennen.

Juffrouw Hunter stond glimlachend in de deuropening.

'Is het u gelukt?' vroeg Holmes.

Ergens beneden hoorden we een luid gebons. 'Dat is mevrouw Toller in de wijnkelder,' zei ze. 'Haar echtgenoot ligt te snurken op het kleed in de keuken. Hier heeft u zijn sleutelbos, een duplicaat van die van de heer Rucastle.'

'Uitstekend gedaan!' riep Holmes enthousiast uit. 'Nu moet u ons maar voorgaan en dan zullen we deze duistere zaak snel tot een oplossing brengen.'

We liepen de trap op, ontsloten de deur, volgden de jonge vrouw door de gang en stonden toen voor de gebarricadeerde deur die mejuffrouw Hunter ons had beschreven. Holmes sneed het touw door en haalde de dwarsstang weg. Toen probeerde hij met een van de sleutels het slot open te maken, maar zonder succes. Binnen was geen geluid te horen en daardoor werd het gezicht van Holmes steeds somberder.

'Ik hoop dat we niet te laat zijn,' zei hij. 'Juffrouw Hunter, ik denk dat u maar beter niet mee naar binnen kunt gaan. Watson, zet je schouder eens tegen deze deur en dan zullen we eens proberen of we op die manier niet binnen kunnen komen.'

Het was een oude, krakkemikkige deur die meteen bezweek

onder onze vereende krachten. Samen renden we de kamer in. Die was leeg. Geen meubilair, met uitzondering van een matras, een kleine tafel en een mandje linnengoed. Het dakraam stond open en de gevangene was gevlogen.

'Die gemene boef heeft duidelijk geraden wat juffrouw Hunter van plan was en heeft zijn slachtoffer meegenomen,' zei Holmes.

'Maar hoe dan?'

'Door dat dakraam. We zullen spoedig zien hoe hij daarin is geslaagd.' Hij slingerde zichzelf het dak op. 'Aha!' zei hij. 'Ik zie daar het topje van een lange lichte ladder. Zo heeft hij het dus gedaan!'

'Onmogelijk,' zei juffrouw Hunter. 'Die ladder stond er niet toen de Rucastles weggingen!'

'Dan is hij later teruggekomen. Ik heb u al gezegd dat het een geslepen en gevaarlijke kerel is. Het zou me niet bijzonder verbazen wanneer de voetstappen die ik nu op de trap hoor, van hem zijn. Ik denk, Watson, dat het verstandig zou zijn wanneer je je pistool schietklaar houdt.'

Net toen hij dat had gezegd, verscheen de man in de deuropening. Een zeer dikke, gezette man met een zware stok in zijn hand. Juffrouw Hunter slaakte een gil en drukte zich tegen de muur bij het zien van hem, maar Sherlock Holmes sprong naar voren en ging recht tegenover hem staan.

'Ellendeling!' zei hij. 'Waar is je dochter?'

De dikke man keek om zich heen en zag toen het geopende dakraam.

'Dat kan ik jou beter vragen!' schreeuwde hij. 'Jullie dieven! Spionnen en dieven! Ik heb jullie op heterdaad betrapt, nietwaar? Jullie zijn in mijn macht. Ik zal jullie eens wat laten zien!' Hij draaide zich om en liep zo snel mogelijk naar beneden.

'Hij gaat de hond halen!' riep juffrouw Hunter uit.

'Ik heb mijn pistool bij de hand,' zei ik.

'Laten we de voordeur maar gauw dichtdoen!' riep Holmes en toen renden we alledrie de trap af. Net toen we in de hal stonden, hoorden we het geblaf van een hond en toen een afschuwelijke kreet van pijn, gevolgd door een geluid dat onze oren nauwelijks konden verdragen. Een oudere man met een rood gezicht en trillende ledematen kwam een zijdeur uit gewankeld.

'Mijn God!' riep hij. 'Iemand heeft de hond losgelaten. Het dier heeft al twee dagen lang geen eten gehad. Snel, snel, anders is het te laat!'

Holmes en ik renden de hoek om en de ontnuchterde Toller kwam zo snel hij kon achter ons aan. Daar zagen we de immens grote, uitgehongerde bruut die zijn zwarte snuit in de keel van Rucastle had begraven. De man lag kronkelend en schreeuwend op de grond. Ik rende erop af en schoot het dier door de kop. Het viel neer, maar zijn tanden zaten nog steeds in de diepe plooien van Rucastles keel. Met veel moeite kregen we man en dier van elkaar los en we droegen de man het huis in. Hij was afschuwelijk verminkt, maar leefde nog wel. We legden hem in de salon op de sofa. Toller werd erop uitgestuurd om zijn vrouw op de hoogte te stellen en ik deed wat ik kon om de pijn van de man te verlichten. We stonden net allemaal om hem heen, toen er een deur opengeng en er een lange, broodmagere vrouw de kamer in kwam.

'Mevrouw Toller!' riep juffrouw Hunter.

'Inderdaad, juffrouw. Meneer Rucastle heeft me uit de kelder bevrijd voor hij naar u toe ging. O, juffrouw, het is jammer dat u me niet heeft verteld wat u van plan was, want dan had ik u kunnen vertellen dat u zich die moeite kon besparen!'

'Aha!' zei Holmes, die de vrouw aandachtig opnam. 'Het is duidelijk dat mevrouw Toller meer van deze hele kwestie afweet dan wie dan ook.'

'Inderdaad, meneer, en ik ben zonder meer bereid alles te vertellen wat mij bekend is.'

'Gaat u dan alstublieft zitten en dan zullen we naar u luisteren, want ik moet bekennen dat enige aspecten me nog verre van duidelijk zijn.'

'Ik zal het u nu spoedig allemaal duidelijk hebben gemaakt,' zei ze. 'En dat zou ik al eerder hebben gedaan, wanneer ik uit die kelder had kunnen ontsnappen. Wanneer de politie zich met deze kwestie gaat bemoeien, hoop ik dat u niet zult vergeten dat ik u als vrienden heb beschouwd en ook dat ik een vriendin van juffrouw Alice was.

Juffrouw Alice is hier in huis nooit gelukkig geweest. In ieder geval niet meer vanaf het moment dat haar vader hertrouwde. Ze werd met geringschatting behandeld en had niets in te brengen. Maar het werd pas onhoudbaar toen ze de heer Fowler bij een vriend thuis had leren kennen. Voorzover ik weet, had juffrouw Alice door een testament zonder meer recht op een eigen inkomen, maar ze was zo rustig en geduldig dat ze daar nooit over sprak en alles aan meneer Rucastle overliet. Hij wist dat hij van haar geen hinder zou ondervinden. Maar toen de kans bestond dat er een echtgenoot bij zou komen, die om alles wat haar en hem rechtens toekwam zou kunnen vragen, vond haar vader dat het tijd werd aan die relatie een einde te maken. Hij wilde dat ze een bepaald document zou ondertekenen. Daarmee bleef hij het haar lastig maken tot ze hersenkoorts kreeg en zes weken lang op het randje van de dood zweefde. Uiteindelijk werd ze beter, maar was sterk vermagerd en de uitputting nabij. Haar prachtige haren waren afgeknipt. Maar de jongeman die met haar wilde trouwen, liet zich daardoor niet afschrikken en bleef haar zo trouw als een man dat maar zijn kan.'

'Aha!' zei Holmes. 'Door alles wat u ons heeft verteld is deze kwestie nu vrijwel opgehelderd en kan ik het overige zelf wel afleiden. Ik neem aan dat de heer Rucastle haar toen gevangen is gaan zetten?'

'Inderdaad, meneer.'

'En toen heeft hij juffrouw Hunter uit Londen laten overkomen om een einde te maken aan die onplezierige vasthoudendheid van de heer Fowler.'

'Klopt als een bus, meneer.'

'Maar omdat de heer Fowler een vasthoudend man was, zoals iedere goede zeeman behoort te zijn, is hij dit huis gaan belegeren en is er door bepaalde argumenten, van metaal of anderszins, in geslaagd u ervan te overtuigen dat zijn belangen dezelfde waren als de uwe.'

'Meneer Fowler is een heel vriendelijke, goedgeefse man,' zei mevrouw Toller sereen.

'En op die wijze zorgde hij ervoor dat het uw goede echtgenoot niet aan drank ontbrak en dat er een ladder klaar zou staan op het moment dat uw heer en meester het huis had verlaten.'

'Zo is het inderdaad precies gegaan, meneer.'

'We zijn u zonder enige twijfel excuses verschuldigd, mevrouw Toller,' zei Holmes, 'want u heeft alles opgehelderd wat ons nog niet duidelijk was. Daar komen de arts en mevrouw Rucastle aan. Watson, ik denk dat we juffrouw Hunter nu maar het beste naar Winchester kunnen begeleiden, daar ik de indruk heb dat onze *locus standi* nu een beetje twijfelachtig is.'

En zo werd er een oplossing gevonden van het mysterie van het sinistere huis met de bruine beuken bij de voordeur. De heer Rucastle bleef in leven, maar is altijd een gebroken man gebleven, die alleen dankzij de zorgen van zijn liefhebbende vrouw het tijdelijke nog niet met het eeuwige heeft verwisseld. Ze leven nog steeds tezamen met hun oude bedienden, die naar alle waarschijnlijkheid zoveel van Rucastles verleden afweten dat hij het moeilijk vindt zich van hen los te maken. De heer Fowler en mejuffouw Rucastle werden in de echt verbonden in Southampton en wel een dag nadat ze op de vlucht waren gegaan. Hij bekleedt thans een overheidsfunctie op het eiland Mauritius. En wat mejuffrouw Violet Hunter betreft: tot mijn teleurstelling legde mijn vriend Holmes geen belangstelling meer voor haar aan den dag toen ze niet langer het middelpunt vormde van een van de problemen die door hem tot een oplossing moesten worden gebracht. Ze leidt nu een kleine privé-school in Walsall, een positie die ze, zo heb ik vernomen, met niet onaanzienlijk succes bekleedt.

The Adventure of the Copper Beeches, juni 1892

Het mysterie van het Boscombedal

[8-9 juni 1889]

Mijn vrouw en ik zaten op een ochtend aan het ontbijt toen het dienstmeisje binnenkwam met een telegram. Het kwam van Sherlock Holmes en had de volgende inhoud:

Kun je een paar dagen vrij nemen? Heb zojuist per telegram een verzoek ontvangen om naar het westen van Engeland te gaan in verband met de tragedie in het Boscombedal. Zou blij zijn wanneer je met me mee wilt gaan. Lucht en natuurschoon perfect. Vertrek vanaf Paddington Station met de trein van 11.15 uur.

'Hoe denk je erover, lieveling?' vroeg mijn vrouw, die me vanaf de andere kant van de tafel aankeek. 'Ga je?'

'Ik weet het eigenlijk niet goed. Op dit moment heb ik een vrij lange lijst patiënten.'

'O, Anstruther kan dat werk wel van je overnemen. Je ziet er de laatste tijd een beetje bleek uit. Ik denk dat verandering van lucht je goed zou doen. En bovendien ben je altijd zo geïnteresseerd geweest in die zaken die de heer Sherlock Holmes te behandelen kreeg!'

'Ik zou ondankbaar zijn wanneer ik dat niet was, in aanmerking nemend wat ik door een van die zaken heb gekregen,' antwoordde ik. 'Maar wanneer ik ga, moet ik nu meteen pakken, want ik heb nog maar een halfuur de tijd.'

Mijn ervaring met het leven in kampementen in Afghanistan had er op zijn minst voor gezorgd dat ik snel op reis kon gaan. Ik had slechts aan weinige en eenvoudige dingen behoefte, zodat ik in minder dan de genoemde tijd met mijn koffer in een rijtuig zat, dat snel wegratelde naar Paddington. Sherlock Holmes liep op het perron heen en weer. Zijn lange, magere gestalte werd nog magerder en langer gemaakt door zijn lange grijze reisjas en precies passende petje.

'Werkelijk heel aardig van je dat je bent gekomen, Watson,' zei hij. 'Het maakt voor mij heel wat uit iemand bij me te hebben op wie ik me geheel en al kan verlaten. Hulp ter plaatse is altijd ofwel waardeloos ofwel bevooroordeeld. Wanneer jij die twee hoekplaatsen bezet houdt, ga ik de kaartjes halen.'

We hadden het rijtuig voor onszelf, met uitzondering van een immens grote stapel kranten die Holmes had meegenomen. Daar zat hij in te wroeten en las af en toe iets, onderbroken door periodes waarin hij aantekeningen zat te maken of te mijmeren. Tot we Reading waren gepasseerd. Toen rolde hij al die kranten op tot een reusachtig grote bal en gooide die in het bagagerek.

'Heb je iets over die zaak gehoord?' vroeg hij.

'Geen woord. Ik heb al een paar dagen lang geen krant ingekeken.'

'In de Londense pers hebben niet zulke uitgebreide verslagen gestaan. Ik heb net al die dingen door zitten kijken om me vertrouwd te maken met de bijzonderheden. Uit wat ik ervan begrepen heb, lijkt het een van die eenvoudige zaken die zo uitzonderlijk moeilijk blijken te zijn.'

'Dat klinkt een beetje tegenstrijdig.'

'Maar het is volkomen waar. Eigenaardigheid vormt vrijwel onveranderlijk een aanwijzing. Hoe gewoner een misdaad is, hoe minder bijzonderheden eraan zitten, hoe moeilijker het wordt om hem op te lossen. In dit geval echter hebben ze zeer ernstig bewijsmateriaal verzameld tegen de zoon van de vermoorde man.'

'Het gaat dus om een moord?'

'Tja, dat veronderstelt men in ieder geval. Ik zal niets als vaststaand aannemen tot ik de gelegenheid heb gehad me er persoonlijk mee bezig te houden. Ik zal je vertellen hoe de zaken ervoor staan, voorzover ik dat tenminste heb begrepen, en dat kan in een paar woorden geschieden.

Boscombedal is een district dat niet ver verwijderd ligt van Ross in Herefordshire. De man die in dat gebied het meeste land bezit, is een zekere meneer John Turner, die in Australië fortuin heeft gemaakt en een aantal jaren geleden naar het moederland is teruggekeerd. Een van de boerderijen die tot zijn bezit behoorden, die in Hatherley, was verpacht aan de heer Charles McCarthy, eveneens een oud-Australiër. De mannen hadden elkaar in de koloniën leren kennen, zodat het niet onnatuurlijk was dat ze zo dicht mogelijk bij elkaar gingen zitten toen ze zich ergens definitief wilden vestigen. Turner was kennelijk de rijkste van de twee, dus werd McCarthy zijn pachter. Ze schijnen echter op voet van gelijkheid met elkaar te zijn blijven verkeren, gezien het feit dat ze zich vaak in elkaars gezelschap bevonden. McCarthy had een zoon, een jongen van achttien jaar, en Turner had een dochter die even oud was. Van beiden was de echtgenote overleden. Ze schijnen het gezelschap van Engelse families in de buurt te hebben gemeden en een teruggetrokken leven te hebben geleid, hoewel de beide McCarthy's sportliefhebbers waren en herhaaldelijk werden gesignaleerd bij harddraverijen die in de buurt werden georganiseerd. McCarthy had twee bedienden – een man en een meisje. Turner had behoorlijk wat personeel – minstens een stuk of zes mensen. Dat is alles wat ik over de families aan de weet heb kunnen komen. Nu de feiten.

Op drie juni, dat wil dus zeggen afgelopen maandag, is McCarthy rond drie uur 's middags van de boerderij in Hatherley weggegaan en naar het Boscombemeer gelopen, een klein meertje dat wordt gevormd doordat de rivier die door het dal loopt, zich daar heeft verbreed. Hij was die ochtend met zijn mannelijke bediende in Ross geweest en had tegen die man gezegd dat hij zich moest haasten, omdat hij zich om drie uur aan een belangrijke afspraak moest houden. Van die afspraak is hij niet levend teruggekeerd.

Hatherley ligt zo'n vierhonderd meter van het Boscombemeer vandaan en twee mensen hebben hem over dit terrein erheen zien lopen. Een van hen was een oude vrouw, wier naam nergens wordt genoemd. De andere was William Crowder, een jachtopziener in dienst van de heer Turner.

Deze beide getuigen hebben verklaard dat de heer McCarthy alleen was. De jachtopziener heeft daaraan toegevoegd dat hij een paar minuten nadat hij de heer McCarthy had zien voorbijgaan, diens zoon had gezien, de heer James McCarthy, die een geweer onder zijn arm droeg. Voorzover hij wist was de vader toen nog niet uit het zicht verdwenen en was de zoon hem aan het volgen. Hij heeft er toen verder niet meer aan gedacht, tot hij 's avonds hoorde welke tragedie zich had voltrokken.

De twee McCarthy's zijn nog gezien nadat William Crowder, de jachtopziener, hen uit het oog verloren had. Het Boscombemeer wordt omgeven door een dicht bos, met aan de oever ervan slechts een smalle strook gras en riet. Een veertienjarig meisje, Patience Moran geheten, de dochter van de portier van het Boscombelandgoed, was in een van die bossen bloemen aan het plukken. Zij verklaart dat ze daar toen, langs de rand van het bos en vlak bij het meer, McCarthy en diens zoon heeft gezien en dat ze hevige ruzie leken te hebben. Ze hoorde de heer McCarthy sr. zeer krachtige taal gebruiken en zag dat de zoon zijn hand ophief, alsof hij zijn vader wilde slaan. Ze werd zo bang door die heftige scène dat ze wegrende en haar moeder bij thuiskomst vertelde dat ze de twee McCarthy's ruziemakend bij het meer had achtergelaten en dat ze bang was dat het tweetal op de vuist zou gaan. Net toen ze dat had verteld, kwam de jonge McCarthy op de portierswoning af gerend om te zeggen dat hij zijn vader dood in het bos had aangetroffen en de portier om hulp te vragen. Hij was erg opgewonden en had zijn geweer niet bij zich en geen pet meer op. Ze zagen dat er aan zijn rechterhand en rechtermouw vers bloed kleefde. Ze gingen achter hem aan en vonden het dode lichaam uitgestrekt liggend naast het meer. Het hoofd was ingeslagen door vele klappen met een zwaar, bot wapen. De verwondingen waren van zodanige aard dat ze zeer goed veroorzaakt konden zijn door de kolf van het geweer van zijn zoon, dat een paar stappen van het lijk vandaan in het gras werd gevonden. Gegeven die omstandigheden, werd de jongeman meteen gearresteerd. Het gerechtelijk vooronderzoek dat dinsdag werd gehouden, leverde de uitspraak "moord met voorbedachten rade" op. Woensdag is hij toen voorgeleid door de magistraten te Ross, die de zaak hebben doorgespeeld aan de eerstvolgende zitting van de rondtrekkende rechters. Dat zijn de belangrijkste feiten van deze zaak zoals die naar voren kwamen tijdens het onderzoek van de lijkschouwer en voor de politierechtbank.'

'Ik kan me nauwelijks een zaak voorstellen waarbij het er voor de beklaagde slechter voor staat,' merkte ik op. 'Wanneer aanwijzingen ooit in de richting van iemand hebben gewezen, is dat thans wel het geval.'

'Aanwijzingen zijn lastige dingen,' antwoordde Holmes nadenkend. 'Het kan zijn dat ze allemaal eenzelfde kant op wijzen, maar wanneer je je eigen standpunt iets wijzigt, kun je tot de conclusie komen dat ze allemaal even onmiskenbaar in een heel andere richting gaan. Ik moet echter bekennen dat het er voor die jongeman uitzonderlijk ernstig uitziet en het is heel goed mogelijk dat hij inderdaad de schuldige is. Maar in de omgeving zijn enige mensen, onder wie mejuffrouw Turner, de dochter van de landeigenaar, die in zijn onschuld geloven en Lestrade, die je je nog wel zult herinneren in verband met *Een Studie in Rood*, erbij hebben gehaald om voor zijn belangen op te komen. Lestrade zit er nogal mee in zijn maag en heeft de zaak aan mij overgedragen. Vandaar dat twee heren van middelbare leeftijd zich met een snelheid van zo'n tachtig kilometer per uur naar het westen haasten in plaats van thuis rustig hun ontbijt te laten zakken.'

'Ik ben bang,' zei ik, 'dat de feiten zo duidelijk zijn dat deze zaak je niet veel eer zal opleveren.'

'Niets is bedrieglijker dan een voor de hand liggend feit,' antwoordde hij lachend. 'Bovendien stuiten we wellicht toevallig op een aantal andere voor de hand liggende feiten die misschien voor de heer Lestrade helemaal niet zo voor de hand liggend zijn geweest. Je kent me te goed om te veronderstellen dat ik opschep wanneer ik zeg dat ik zijn theorie ofwel zal bevestigen ofwel de grond in zal boren aan de hand van middelen die hij absoluut niet kan hanteren of zelfs ook maar begrijpen. Ik zal je het eerste het beste voorbeeld geven dat me te binnen schiet. Ik weet heel zeker dat het raam in jouw slaapkamer aan de rechterkant zit en toch vraag ik me af of Lestrade zelfs zo'n vanzelfsprekend feit zou zijn opgevallen.'

'Hoe weet jij in vredesnaam...'

'Mijn beste kerel, ik ken jou goed. Ik weet dat een militaristische netheid typerend voor je is. Je scheert je iedere morgen en in dit seizoen doe je dat bij het licht van de zon. Maar gezien het feit dat je de linkerkant van je gezicht minder goed hebt geschoren en zelfs regelrecht slecht wanneer je voorbij de linkerhelft van je kaak kijkt, is het dus zonder meer duidelijk dat die kant minder goed wordt verlicht dan de andere. Ik kan me niet voorstellen dat jij, gezien je gewoontes, tevreden zou zijn met een dergelijk resultaat wanneer je beide gezichtshelften even duidelijk had kunnen zien. Ik noem dit slechts als een onbeduidend voorbeeld van observatie en het trekken van conclusies daaruit. Dat is mijn *métier*, en het is mogelijk dat ik daar wat aan zal hebben bij het onderzoek dat we ter hand moeten gaan nemen. Bij het gerechtelijk vooronderzoek zijn er een of twee kleinere kwesties naar boven gekomen die de moeite waard zijn in aanmerking te worden genomen.'

'Welke dan?'

'Hij schijnt niet meteen te zijn gearresteerd, maar pas na zijn terugkeer naar Hatherley. Toen de dienstdoende inspecteur hem meedeelde dat hij onder arrest stond, merkte hij op dat het hem niet verbaasde en dat het niet meer was dan wat hij verdiende. Die opmerking van hem deed uit de aard der zaak de laatste sporen van twijfel verdwijnen die er wellicht nog bij de juryleden bestonden.'

'Het was een bekentenis,' zei ik meteen.

'Nee, want die opmerking werd gevolgd door de bewering dat hij onschuldig was.'

'Maar ze werd geuit na een hele reeks gebeurtenissen die hem leken te veroordelen, dus was het in ieder geval een opmerking die verdacht moet worden genoemd.'

'Integendeel,' zei Holmes. 'Het is het grootste lichtpuntje dat ik op dit moment in de duisternis kan ontdekken. Ook wanneer hij onschuldig is, kan hij niet zo'n volslagen imbeciel zijn dat hij niet inzag dat de zaak er bijzonder slecht voor hem uitzag. Wanneer hij verbaasd was geweest over zijn arrestatie, of verontwaardiging daarover had voorgewend, zou ik dat hoogst verdacht hebben gevonden, omdat een dergelijke verbazing of woede gegeven de omstandigheden niet normaal zou zijn geweest, maar door een geslepen man toch de beste politiek kon worden geacht.

Het feit dat hij de situatie meteen heeft aanvaard duidt erop dat hij ofwel onschuldig is, ofwel een man die zichzelf goed in de hand kan houden en standvastig is. En wat die opmerking van hem betreft dat hij het verdiende – ook die was niet ongewoon wanneer je in aanmerking neemt dat hij naast het lichaam van zijn dode vader stond en dat het geen twijfel lijdt dat hij die dag zijn plichten als zoon zozeer had verzaakt dat hij met hem aan het disputeren sloeg en zelfs volgens het kleine meisje, wier getuigenverklaring zo belangrijk is, zijn hand ophief alsof hij hem wilde slaan. Het zelfverwijt en de wroeging die in die woorden doorklinken, lijken me eerder te wijzen op een gezonde geest dan een schuldige.'

Ik schudde mijn hoofd. 'Er zijn vele mensen opgehangen tegen wie heel wat minder overtuigende bewijzen waren ingebracht,' merkte ik op.

'Inderdaad. En vele mensen zijn ook ten onrechte opgehangen.'

'Welk verslag heeft de jongeman zelf van de gebeurtenissen gedaan?'

'Dat is helaas niet erg bemoedigend voor degenen die hem steunen, hoewel een paar punten eruit veelzeggend zijn. Hier staat dat verslag. Lees het zelf maar eens door.'

Hij haalde een exemplaar van het plaatselijke dagblad uit Herefordshire te voorschijn, sloeg een paar pagina's om en wees op het bericht dat de verklaring van de jongeman bevatte. Ik ging op mijn gemak in een hoekje van het rijtuig zitten en las het zeer aandachtig door.

De heer James McCarthy, de enige zoon van de overledene, werd toen als getuige opgeroepen en legde de volgende verklaring af: 'Ik was drie dagen van huis weg geweest voor een verblijf in Bristol en was op de ochtend van maandag jongstleden net naar Hatherley teruggekeerd. Toen ik thuiskwam, was mijn vader er niet en deelde het dienstmeisje me mee dat hij naar Ross was gegaan met John Cobb, de stalknecht. Kort na mijn terugkeer hoorde ik de wielen van zijn tweewielige wagen op het binnenplein. Ik keek uit mijn raam en zag hem eruit stappen en snel weglopen. Welke kant op, wist ik niet. Toen pakte ik mijn geweer en liep op mijn dooie gemakje in de richting van het Boscombemeer met het doel een bezoekje te brengen aan het konijnenpark dat aan de andere kant daarvan ligt. Onderweg kwam ik William Crowder tegen, de jachtopziener, zoals hij ook zelf heeft verklaard. Maar hij vergiste zich door te denken dat ik achter mijn vader aan ging. Ik had er geen idee van dat die voor me uit liep. Toen ik zo'n honderd meter van het meer vandaan was, hoorde ik de kreet "Cooee!" – het gebruikelijke teken dat mijn vader en ik onderling hebben afgesproken. Toen liep ik snel verder en trof hem aan bij de oever van het meer. Hij leek heel verbaasd te zijn me te zien en vroeg me nogal scherp wat ik daar deed. Daarop volgde een woordenwisseling die nogal hoog opliep en waarbij we bijna slaags raakten, want mijn vader was een man die een nogal opvliegend temperament had. Toen ik zag dat hij zich niet meer in de hand zou kunnen houden, heb ik hem achtergelaten en ben teruggelopen naar onze boerderij in Hatherley. Ik had echter nog geen honderdvijftig meter afgelegd, toen ik achter me een afschuwelijke kreet hoorde, waarop ik terugrende. Ik trof mijn vader liggend op de grond aan, op het moment dat hij vrijwel zijn laatste adem uitblies. Zijn hoofd was heel ernstig gewond. Ik liet mijn geweer vallen en nam hem in mijn armen, maar vrijwel meteen daarna overleed hij. Ik bleef enige minuten lang geknield naast hem zitten en liep toen naar de portier van de heer Turner, omdat diens huis het dichtst in de buurt lag, en vroeg daar om hulp. Toen ik teruggegaan was, zag ik niemand bij mijn vader in de buurt en ik heb er geen idee van hoe hij die verwondingen heeft opgelopen. Hij was niet bepaald een populair man, omdat zijn manier van doen nogal kil en afstotend was. Maar voorzover ik weet had hij geen uitgesproken vijanden. Verder weet ik niets van deze hele zaak af.'

Lijkschouwer: 'Heeft uw vader nog iets tegen u gezegd voor hij overleed?'

Getuige: 'Hij mompelde een paar woorden, maar ik kon alleen iets opvangen over een rat.'

Lijkschouwer: 'Wat meende u daaruit te kunnen opmaken?'

Getuige: 'Ik begreep er niets van. Ik dacht dat hij ijlde.'

Lijkschouwer: 'Waarover hadden uw vader en u die laatste ruzie?'

Getuige: 'Ik geef er de voorkeur aan die vraag niet te beantwoorden.'

Lijkschouwer: 'Ik ben bang dat ik daar toch op moet aandringen.'

Getuige: 'Het is me werkelijk niet mogelijk u dat te vertellen. Ik kan u verzekeren dat het niets te maken heeft met de trieste tragedie die erop is gevolgd.'

Lijkschouwer: 'Dat zal het hof moeten uitmaken. Ik hoef u er niet op te wijzen dat uw weigering die vraag te beantwoorden uw zaak geen goed zal doen bij de verdere afhandeling ervan.'

Getuige: 'Toch moet ik een antwoord weigeren.'

Lijkschouwer: 'Ik heb begrepen dat de kreet "Cooee!" gebruikelijk was tussen uw vader en u?'

Getuige: 'Inderdaad.'

Lijkschouwer: 'Hoe kwam het dan dat hij die slaakte voor hij u zag en zelfs voor hij wist dat u uit Bristol was teruggekeerd?'

Getuige (duidelijk in de war): 'Dat weet ik niet.'

Lijkschouwer: 'Heeft u niets gezien wat uw achterdocht opwekte toen u na die kreet terugkeerde en uw vader dodelijk gewond aantrof?'

Getuige: 'Niets duidelijks.'

Lijkschouwer: 'Hoe bedoelt u dat?'

Getuige: 'Ik was zo verward en opgewonden toen ik naar het meer rende, dat ik aan niets anders kon denken dan mijn vader. Toch meen ik me vaag te herinneren dat er iets links van me op de grond lag toen ik erheen rende. Iets met een grijze kleur, een soort van jas, of misschien een plaid. Toen ik na het overlijden van mijn vader opstond, heb ik er nog naar gezocht, maar het was er niet meer.'

'Wilt u zeggen dat het was verdwenen voor u hulp ging halen?'

'Ja, het was weg.'

'U kunt niet zeggen wat het was?'

'Nee, ik had het gevoel dat er iets lag.'

'Hoe ver van het lichaam vandaan?'

'Zo'n elf meter.'

'En hoe ver van de rand van het bos vandaan?'

'Ongeveer even ver.'

'Dus wanneer het is weggehaald, is dat gebeurd op een plaats waar u zich zo'n elf meter vandaan bevond?'

'Ja, maar met mijn rug ernaartoe.' Daarmee werd het getuigenverhoor afgerond.

'Ik zie,' zei ik, terwijl hij het bericht doorlas, 'dat de lijkschouwer op het laatst nogal fel van leer is getrokken tegen die jonge McCarthy. Hij wijst, terecht, op het gebrek aan overeenstemming ten aanzien van het feit dat de vader hem een teken gaf voor hij hem had gezien, zijn weigering om bijzonderheden te vermelden over het gesprek dat tussen hen plaatsvond en zijn eigenaardige verslag over de laatste woorden van zijn vader. Dat pleit allemaal, zoals hij ook heeft gezegd, sterk tegen de zoon.'

Holmes lachte zachtjes in zichzelf en ging met zijn benen op de bank zitten. 'De lijkschouwer en jij hebben je veel moeite gegeven om de sterkste punten die vóór de jongeman pleiten, naar voren te halen,' zei hij. 'Zie je dan niet in dat jullie afwisselend beweren dat hij te veel en dan weer te weinig verbeeldingskracht heeft? Te weinig wanneer hij geen reden kon bedenken voor een ruzie die hem de sympathie van de jury zou opleveren; te veel wanneer hij iets zou bedenken zo *outré* als een stervende die het over een rat heeft. Om nog maar te zwijgen over het verdwijnen van die lap stof. Nee, ik zal deze zaak benaderen vanuit het standpunt dat deze jongeman de waarheid heeft gesproken en we zullen eens zien waar die hypothese toe leidt. En nu pak ik mijn Petrarchus in zakformaat en zal niets meer over deze zaak zeggen tot we op de plaats des onheils zijn gearriveerd. We gaan lunchen bij Swindon en ik zie dat we daar over twintig minuten zullen aankomen.'

Het was bijna vier uur toen we uiteindelijk, na door het mooie

Strouddal te zijn gereden, en over de brede, glinsterende Severn, in het fraaie plattelandsstadje Ross arriveerden. Een magere, fretachtige man, die er steels en sluw uitzag, stond ons op het perron al op te wachten. Ondanks de lichtbruine stofjas en leren beenkappen die hij droeg om die rustieke omgeving eer aan te doen, kostte het me geen moeite om hem te herkennen als Lestrade van Scotland Yard. Samen met hem reden we naar de Hereford Arms, waar al een kamer voor ons was gereserveerd.

'Ik heb een rijtuig besteld,' zei Lestrade terwijl we samen een kopje thee dronken. 'Ik weet hoe energiek u bent en dat u pas gelukkig zult zijn wanneer u de plaats waar de misdaad zich heeft voltrokken, in ogenschouw heeft kunnen nemen.'

'Dat is heel aardig en complimenteus van je,' antwoordde Holmes. 'Het is geheel en al een kwestie van de barometerstand.'

Lestrade keek geschrokken. 'Dat begrijp ik niet helemaal,' zei hij.

'Hoe is de stand? Negenentwintig, zie ik. Geen wind en geen wolkje aan de hemel. Ik heb hier een koker vol sigaretten die moeten worden opgerookt en die sofa ziet er heel wat aanlokkelijker uit dan het gemiddelde afschuwelijke meubilair in een plattelandshotel. Ik denk niet dat het waarschijnlijk is dat ik vanavond van dat rijtuig gebruik zal maken.'

Lestrade lachte toegeeflijk. 'U heeft ongetwijfeld uit de krantenberichten al uw eigen conclusies getrokken,' zei hij. 'De zaak is zo klaar als een klontje en hoe meer je je erin verdiept, hoe duidelijker alles wordt. Maar natuurlijk kun je een dame niets weigeren en zeker niet wanneer ze zo zeker van haar zaak meent te zijn. Ze had het een en ander over u gehoord en wilde uw mening weten, ondanks het feit dat ik haar herhaaldelijk heb gezegd dat u niets zou kunnen doen wat ik niet al heb gedaan. Wel heb je me daar! Dat rijtuig dat voor de deur tot stilstand komt, is van haar.'

Net toen hij dat had gezegd, rende er een van de meest aantrekkelijke vrouwen die ik ooit van mijn levensdagen heb gezien, de kamer in. Haar violette ogen straalden, haar mond was een weinig geopend en op haar wangen lag een roze blos. Ze was zo opgewonden en bezorgd dat er van natuurlijke gereserveerdheid geen sprake meer was.

'O, meneer Sherlock Holmes!' riep ze, van de een naar de ander kijkend. Toen bleef haar blik met de snelle intuïtie die kenmerkend is voor de vrouw, op mijn metgezel rusten. 'Ik ben zo blij dat u bent gekomen! Ik ben hierheen gereden om u dat te zeggen. Ik weet dat James het niet heeft gedaan. Dat weet ik en ik wil dat u het eveneens weet voor u hier met uw werkzaamheden begint. Twijfelt u daar nooit aan. We kennen elkaar al van kindsbeen af en ik ken zijn gebreken beter dan wie dan ook. Maar hij is veel te teerhartig om ook maar een vlieg kwaad te kunnen doen. Een dergelijke beschuldiging klinkt een ieder die hem kent absurd in de oren!'

'Ik hoop dat we in staat zullen zijn hem van alle blaam te zuiveren, juffrouw Turner,' zei Sherlock Holmes. 'U kunt erop rekenen dat ik alles zal doen wat ik kan.'

'Maar u heeft de getuigenverklaringen gelezen. Heeft u daar al de een of andere conclusie uit getrokken? Kunt u daar geen fout of een achterdeurtje in ontdekken? Denkt u zelf ook niet dat hij onschuldig is?'

'Ik denk dat dat heel waarschijnlijk is.'

'Ziet u wel!' zei ze tegen Lestrade, terwijl ze uitdagend haar hoofd in haar nek wierp. 'Ziet u nu wel! Hij geeft me hoop!'

Lestrade haalde zijn schouders op. 'Ik ben bang dat mijn collega een beetje te snel zijn conclusies heeft getrokken,' zei hij.

'Maar hij heeft gelijk. O! Ik weet dat hij gelijk heeft. James heeft het niet gedaan. En wat die ruzie met zijn vader betreft: ik ben er zeker van dat hij daar niet over heeft willen praten omdat ik erbij betrokken was.'

'In welk opzicht?' vroeg Holmes.

'Dit is niet het moment om dingen verborgen te houden. James en zijn vader hebben vaak ruzie gekregen over mij. De heer McCarthy wilde niets liever dan een huwelijk tussen ons. James en ik hebben altijd van elkaar gehouden als broer en zus, maar hij is natuurlijk nog jong en heeft pas zo weinig van het leven gezien en... en... natuurlijk voelde hij nog niets voor iets dergelijks. Dus ontstonden er ruzies en ik ben er zeker van dat die laatste ruzie eveneens op mij betrekking had.'

'En uw vader?' vroeg Holmes. 'Hoe dacht die over een dergelijk huwelijk?'

'Die voelde er ook niets voor. De heer McCarthy was de enige die er een voorstander van was.' Op haar frisse, jonge gezichtje verscheen een blos toen Holmes haar een van zijn scherpe, vragende blikken toezond.

'Dank voor deze informatie,' zei hij. 'Zou ik uw vader morgen kunnen spreken wanneer ik naar hem toe ga?'

'Ik ben bang dat de dokter dat niet zal goedvinden.'

'De dokter?'

'Ja, heeft u dat dan niet gehoord? Mijn arme vader is al jarenlang zwak, maar dit voorval is hem te machtig geworden. Hij moet het bed houden en dokter Willows zegt dat hij een wrak is en dat zijn zenuwgestel kapot is. De heer McCarthy was de enige man die hem nog kende uit de tijd dat hij in Victoria zat.'

'Ha! In Victoria! Dat is belangrijk!'

'Ja, bij de mijnen.'

'Natuurlijk. Bij de goudmijnen waar de heer Turner, voorzover ik heb begrepen, zijn kapitaal heeft vergaard.'

'Ja, inderdaad.'

'Hartelijk dank, juffrouw Turner. U heeft me werkelijk geholpen.'

'Wanneer u morgen iets nieuws ontdekt, laat u het me dan meteen weten? Het lijdt geen twijfel dat u naar de gevangenis gaat om James te zien. Wilt u hem dan alstublieft zeggen dat ik weet dat hij onschuldig is, meneer Holmes?'

'Dat zal ik doen, juffrouw Turner.'

'Ik moet nu terug naar huis, want pap is heel erg ziek en hij mist me zo wanneer ik weg ben. Tot ziens en moge God u helpen bij uw onderzoek.' Even impulsief als ze naar binnen was gesneld, ging ze weer naar buiten en we hoorden de wielen van haar rijtuig de straat af ratelen.

'Ik schaam me voor u, Holmes,' zei Lestrade na een paar minuten stilte waardig. 'Waarom wekt u hoop die u niet kunt waarmaken? Ik ben niet teerhartig, maar dit noem ik wreed.'

'Ik denk dat ik wel weet hoe ik James McCarthy van alle blaam kan zuiveren,' zei Holmes. 'Heb je toestemming gekregen om hem in de gevangenis op te zoeken?'

'Ja, maar alleen voor mij en u.'

'Dan zal ik terugkomen op mijn besluit niet meer de deur uit te gaan. Hebben we nog de tijd om de trein te pakken en hem vanavond in Hereford een bezoek te brengen?'

'Tijd genoeg.'

'Laten we dat dan maar gaan doen. Watson, we blijven maar een paar uur weg, doch ik ben bang dat die tijd voor jou heel traag voorbij zal gaan.'

Samen met hen liep ik naar het station en dwaalde toen wat rond door de straten van het stadje. Uiteindelijk keerde ik naar het hotel terug, waar ik op de sofa ging liggen en probeerde me te interesseren voor een goedkoop romannetje. De miezerige plot van het verhaal was echter zo magertjes wanneer ik die vergeleek met het grote mysterie waarvan we de draden moesten zien te ontwarren, en mijn aandacht dwaalde zo regelmatig af van fictie naar feiten, dat ik het boek uiteindelijk de kamer door smeet en me uitsluitend bezighield met het overwegen van de gebeurtenissen van die dag. Stel dat het verhaal van deze ongelukkige jongeman inderdaad volkomen waar was, welk hels voorval, welke absoluut onvoorzienbare en buitengewone ramp kon zich dan hebben voorgedaan tussen het moment waarop hij afscheid van zijn vader had genomen en dat waarop hij, als reactie op het schreeuwen, weer snel was teruggerend naar de open ruimte in het bos? Het was iets afschuwelijks en dodelijks geweest. Wat zou het kunnen zijn? Zou de aard van de verwondingen mij als medicus niet iets kunnen suggereren? Ik belde en vroeg om het weekblad van het district, waarin een woordelijk verslag stond van het gerechtelijk vooronderzoek. De arts verklaarde dat een derde deel van het linkerwandbeen, en de linkerhelft van het achterhoofdsbeen door een zware slag van een bot wapen waren verbrijzeld. Dat sprak in zekere zin in het voordeel van de verdachte, omdat men had gezien dat hij tijdens die ruzie van aangezicht tot aangezicht met zijn vader stond. Maar veel zei dat niet, omdat de oudere man zich kon hebben omgedraaid voor de slag kwam. Toch zou het de moeite waard zijn er Holmes' aandacht op te vestigen. En dan was er die merkwaardige opmerking van de stervende man over een rat. Wat kon dat betekenen? IJlen was uitgesloten. Een man die door het toebrengen van een onverwachtse slag stervende is, gaat normaal gesproken niet ijlen. Waar kon het dan wel op duiden? Het was waarschijnlijk een poging om te laten weten hoe hem dit was overkomen. Ik spande mijn hersenen tot het uiterste in om er een mogelijke verklaring voor te vinden. En dan was er ook nog dat grijze stuk stof dat de jonge McCarthy had gezien. Wanneer dat waar was, moest de moordenaar een kledingstuk, waarschijnlijk zijn overjas, tijdens de vlucht hebben laten vallen, waarna hij vervolgens de vermetelheid had om terug te keren en dat mee te nemen op het moment dat de zoon een paar passen verderop, met zijn rug naar die plek toe gekeerd, bij zijn vader neerknielde. Wat was het allemaal mysterieus en onwaarschijnlijk! Ik verbaasde me niet over de mening die Lestrade erop nahield, maar toch had ik zo veel vertrouwen in het inzicht van Sherlock Holmes dat ik de hoop niet kon verliezen zolang ieder nieuw gegeven zijn overtuiging dat de jonge McCarthy onschuldig was, verder leek te schragen.

Sherlock Holmes keerde pas laat terug. Alleen, want Lestrade verbleef op kamers in de stad.

'De barometerstand is nog steeds heel hoog,' merkte hij op, terwijl hij ging zitten. 'Het is van belang dat het niet gaat regenen voordat wij het terrein hebben bekeken. Voor het verrichten van een dergelijk onderzoek moet je op je best en volkomen alert zijn en daarom wilde ik het niet doen na zo'n lange, vermoeiende reis. Ik heb de jonge McCarthy gesproken.'

'En wat heeft hij je verteld?'

'Niets.'

'Kon hij geen nieuw licht op deze zaak werpen?'

'In het geheel niet. Een moment had ik de indruk dat hij degene die het heeft gedaan kende en hem of haar wilde beschermen, maar later was ik ervan overtuigd dat hij hier even weinig van begreep als alle anderen die erbij betrokken zijn. Hij is niet al te vlug van begrip, maar wel aardig om te zien en naar mijn mening heeft hij het hart op de juiste plaats zitten.'

'Ik kan zijn smaak niet bewonderen,' merkte ik op, 'wanneer hij er inderdaad niet voor voelde om met zo'n charmante jongedame als mejuffrouw Turner te trouwen.'

'Ah! Daar zit een nogal pijnlijk verhaal aan vast. De man is krankzinnig verliefd op haar, maar zo'n jaar of twee geleden, toen hij nog maar een jongen was en voordat hij haar werkelijk leerde kennen – want ze had vijf jaar op een kostschool gezeten – heeft die idioot zich door een barmeisje uit Bristol tot een huwelijk laten verleiden. Niemand weet daar ook maar iets van af, maar je kunt je voorstellen hoe woedend het hem moet maken om het verwijt naar zijn hoofd geslingerd te krijgen dat hij iets niet doet wat hij nu juist uit de grond van zijn hart wel zou willen doen, maar waarvan hij weet dat het volstrekt onmogelijk is. Dergelijke wanhoop lag ten grondslag aan dat opheffen van zijn handen tijdens het gesprek met zijn vader, die hem er toen opnieuw toe probeerde over te halen juffrouw Turner een huwelijksaanzoek te doen. Aan de andere kant is hij niet in staat om in zijn eigen levensonderhoud te voorzien en wanneer zijn vader, die volgens een ieder een zeer hardvochtig man was, de waarheid had geweten, zou hij hem volledig aan de kant hebben gezet. De laatste drie dagen heeft hij in Bristol doorgebracht in het gezelschap van dat barmeisje dat zijn echtgenote is geworden en zijn vader wist niet waar hij uithing. Onthoud dat goed, want het is van belang. Al dat kwaads heeft echter ook iets goeds voortgebracht, want het barmeisje, dat uit de krant had vernomen dat hij in ernstige moeilijkheden verkeerde en waarschijnlijk zou worden opgehangen, heeft hem volledig aan de dijk gezet en hem geschreven dat ze al een echtgenoot in het Bermudadok heeft zitten, zodat hun huwelijk volstrekt ongeldig was. Ik denk dat dat bericht de jonge McCarthy heeft getroost, hoeveel hij ook heeft moeten lijden.'

'Maar wanneer hij onschuldig is, wie heeft het dan wel gedaan?'

'Ah! Wie? Ik zou op twee punten in het bijzonder je aandacht willen vestigen. Het ene is dat de vermoorde man met iemand bij het meer een afspraak had gemaakt en dat hij wist dat hij niet zou terugkeren. Het andere was dat men de oude man "Cooee!" heeft horen roepen voor hij wist dat zijn zoon was teruggekeerd. Dat zijn uiterst belangrijke gegevens in deze zaak. Laten we het nu eens hebben over George Meredith en alle minder belangrijke kwesties laten rusten tot morgen.'

Zoals Holmes al had voorspeld, regende het niet de volgende ochtend. Het was een heldere dag en er was geen wolkje aan de hemel te bekennen. Om negen uur kwam Lestrade ons met een rijtuig afhalen en begaven we ons op weg naar Hatherley en het Boscombemeer.

'Deze ochtend heb ik iets ernstigs vernomen,' merkte Lestrade op. 'Men zegt dat de heer Turner, van Boscombe Hall, zo ernstig ziek is dat voor zijn leven moet worden gevreesd.'

'Naar ik aanneem is die man al op leeftijd?' zei Holmes.

'Een jaar of zestig. Maar zijn lichaamsgestel is door zijn verblijf in het buitenland geruïneerd en zijn gezondheid laat al enige tijd te wensen over. Deze hele kwestie is heel slecht voor hem geweest. Hij was een oude vriend van McCarthy en, zo mag ik daaraan toevoegen, een ware weldoener voor hem, want ik heb inmiddels vernomen dat hij Hatherley vrijgesteld van huur heeft mogen bewonen.'

'Werkelijk? Dat is interessant,' zei Holmes.

'O ja! En hij heeft hem ook op allerlei andere manieren geholpen. Iedereen hier in de omgeving is vol lof over de vriendelijkheid die de oude Turner jegens zijn vriend aan den dag heeft gelegd.'

'Werkelijk? Vind je het niet merkwaardig dat deze McCarthy, die weinig eigen geld gehad lijkt te hebben en Turner zoveel verschuldigd was, nog steeds over een huwelijk tussen zijn zoon en Turners dochter sprak, die naar alle waarschijnlijkheid al zijn bezittingen zal erven? En dat op zo'n zelfverzekerde manier dat je de indruk krijgt dat hij van mening was dat een huwelijksaanzoek al voldoende was om de rest te laten volgen? Het is allemaal nog des te merkwaardiger wanneer we in aanmerking nemen dat Turner zelf daar niets voor voelde. Dat heeft de dochter ons verteld. Kun je daaruit niet iets afleiden?'

'Nu zijn we aangeland bij alles wat kan worden afgeleid,' zei Lestrade en hij gaf me een knipoogje. 'Ik vind het al moeilijk genoeg om de feiten op een rijtje te krijgen, meneer Holmes, zonder me bezig te gaan houden met theorieën en mogelijke gevolgtrekkingen.'

'Je hebt gelijk,' zei Holmes zedig. 'Je vindt het inderdaad moeilijk om de feiten op een rijtje te krijgen.'

'In ieder geval kan ik een feit plaatsen waar u moeite mee lijkt te hebben,' antwoordde Lestrade niet zonder enig enthousiasme.

'En dat is...'

'Dat McCarthy senior door McCarthy junior is gedood en dat alle theorieën die een andere richting op wijzen, niets anders dan verzinsels zijn.'

'Hmmm,' zei Holmes slechts. 'Als ik me niet vergis, ligt daar links van ons Hatherley.'

'Inderdaad.' Het was een breed uitgebouwde, comfortabele boerderij die twee verdiepingen telde. Het dak was met leisteen bedekt en de grijze muren werden onderbroken door grote gele stukken korstmos. Maar de neergelaten luiken en de schoorstenen waar geen rook uit kwam, gaven het iets troosteloos, alsof het nog terneer werd gedrukt door de afschuwelijke gebeurtenis die had plaatsgevonden. We klopten aan. Het dienstmeisje deed open en liet Holmes op diens verzoek de laarzen zien die haar meester had gedragen toen hij de dood vond. Daarna haalde ze een paar laarzen van de zoon, hoewel niet dat welk hij die dag had gedragen. Holmes nam uitgebreid de maten daarvan op en ging toen naar de binnenplaats. Vandaaruit liepen we allemaal over het kronkelende pad naar het meer.

Holmes werd een ander mens wanneer hij enthousiast zo'n spoor volgde. Mensen die alleen de rustig nadenkende, logisch redenerende figuur uit Baker Street kenden, zouden hem niet hebben herkend. Zijn gezicht kreeg blossen en werd donkerder. Zijn wenkbrauwen waren samengetrokken tot twee harde, zwarte streepjes, van waaronder de ogen met een staalachtige glans glinsterend de wereld inkeken. Zijn gezicht was omlaag gericht, zijn schouders waren gebogen, zijn lippen samengeknepen. De aderen waren opgezwollen in zijn lange gespierde nek. Zijn neusgaten leken zich te verwijden door een zuiver dierlijke zin in de jacht en zijn geest was zo volledig geconcentreerd op het onderzoek dat hij een vraag of een opmerking niet hoorde of alleen als antwoord snel en ongeduldig iets terugsnauwde. Snel en zwijgend liep hij over het pad door de weiden, door de bossen naar het Boscombemeer. Het was een vochtig, moerasachtig gebied – zoals overal in dat district – en er waren vele voetafdrukken te zien, zowel op het pad als tussen het korte gras aan weerszijden daarvan. Soms liep Holmes snel voort, soms bleef hij opeens stokstijf staan, en één keer maakte hij een vrij grote omweg door de wei. Lestrade en ik liepen achter hem aan, de rechercheur onverschillig en minachtend. Ik bekeek mijn vriend met een interesse die voortsproot uit de overtuiging dat elk van zijn handelingen een nauw omschreven doel had.

Het Boscombemeer, een meertje van zo'n meter of vijftig breed dat door riet wordt omzoomd, ligt op de grens tussen het grondgebied van Hatherley en het particuliere park van de rijke meneer Turner. Boven de bossen die het meertje aan de andere kant omzoomden konden we de rode, uitstekende siertorentjes zien van het huis van de rijke landeigenaar. Aan de kant van het meer dat aan Hatherley grensde, was het bos heel erg dicht. Tussen de rand daarvan en het riet bij de oever van het meer was een smalle, natte grasstrook met een breedte van zo'n pas of twintig. Lestrade wees ons nauwkeurig de plaats waar het lichaam was gevonden en de grond was daar inderdaad zo vochtig dat ik duidelijk de sporen kon zien die de val van de getroffen man had nagelaten. Aan Holmes' enthousiaste gezicht en tot spleetjes samengeknepen ogen kon ik duidelijk zien dat hem in dat platgetrapte gras heel wat meer dingen opvielen. Hij rende rond, als een hond die de geur van iets in zijn neus krijgt, en richtte toen het woord tot mijn metgezel.

'Waarom ben je het meer in gegaan?' vroeg hij.

'Ik ben daar met een hark in aan het vissen geweest. Ik dacht dat ik er misschien een wapen, of een of ander spoor in zou kunnen vinden. Maar hoe weet u in vredesnaam...'

'O, rustig maar. Ik heb geen tijd om dergelijke vragen te beantwoorden. De afdruk van die linkervoet van je, die naar binnen staat, is hier overal te vinden. Een mol zou de sporen ervan nog kunnen vinden en daar verdwijnen ze in het riet. O, wat zou het allemaal eenvoudig zijn geweest wanneer ik hier rond had kunnen kijken voordat men als een kudde buffels op hol sloeg! Hier heb je de plek waar de portier en de anderen zijn gearriveerd en die hebben in een cirkel van zo'n meter of twee rond het lichaam alle sporen uitgewist. Maar hier hebben we drie afzonderlijke sporen van dezelfde voeten.' Hij haalde een vergrootglas te voorschijn en ging op zijn waterdichte regenjas liggen om ze beter te kunnen zien. Al die tijd sprak hij, maar eerder tegen zichzelf dan tegen ons. 'Dat zijn de voetafdrukken van de jonge McCarthy. Tweemaal heeft hij gelopen en éénmaal gerend. Zo snel dat de zolen diepe afdrukken hebben achtergelaten en de hakken nauwelijks te zien zijn. Dat klopt met zijn verhaal. Hij begon te rennen toen hij zijn vader op de grond zag liggen. Daar heb je de voetafdrukken van de vader, toen die heen en weer aan het lopen was. Wat hebben we hier? De afdruk van het uiteinde van de kolf van het geweer van de zoon, dat hij moet hebben neergezet terwijl hij naar zijn vader luisterde. En dit! Haha! Wat hebben we hier? Punten van teenstukken, punten van teenstukken. Vierkant bovendien. Heel ongebruikelijke laarzen! Ze komen, ze gaan, ze komen weer terug. Natuurlijk om die jas te halen! Waar kwamen ze vandaan?' Hij rende heen en weer. Soms vond hij het spoor, soms raakte hij het weer kwijt, tot we al een heel stuk het bos in waren en in de schaduw van een grote beuk stonden, de grootste beuk in de omtrek. Holmes liep nog een klein stukje verder, ging toen weer op de grond liggen en gaf een kleine kreet van voldoening ten beste. Lange tijd bleef hij daar bladeren omkeren, en afgebroken twijgjes. Hij stopte iets in een enveloppe dat volgens mij stof was en bekeek met zijn vergrootglas niet alleen de grond, maar zelfs de bast van de boom. Tussen het mos lag een scherpe steen en ook die werd door hem aandachtig bekeken en vastgehouden. Toen liep hij het pad verder af naar de hoofdweg, waar alle sporen waren verdwenen.

'Deze zaak is beslist opmerkelijk interessant,' merkte hij op, op zijn natuurlijke spreektoon. 'Ik denk dat dat grijze huis rechts de portierswoning van de Hall moet zijn. Ik denk dat ik maar eens een praatje ga maken met Moran en wellicht een klein briefje schrijf. Wanneer ik dat heb gedaan, kunnen we teruggaan om te lunchen. Lopen jullie alvast maar naar het rijtuig, ik zal me zo dadelijk bij jullie voegen.'

Tien minuten later zaten we alledrie weer in het rijtuig en gingen terug naar Ross. Holmes had de steen bij zich die hij in het bos had bekeken en opgepakt.

'Misschien zal dit je wel interesseren, Lestrade,' zei hij en hij overhandigde hem de steen. 'Dit is het moordwapen.'

'Ik kan er niets bijzonders aan zien.'

'Dat klopt.'

'Hoe weet u dat dan?'

'Het gras eronder groeide nog. Dus moet hij daar niet meer dan een paar dagen hebben gelegen. Nergens kon ik een plekje ontdekken vanwaar hij kon zijn weggehaald. Bovendien klopt een dergelijk wapen met de toegebrachte verwondingen. Van enig ander wapen is geen spoor te bekennen.'

'En de moordenaar?'

'Een lange man, linkshandig, hinkt met zijn rechterbeen, draagt jachtlaarzen met dikke zolen, rookt Indische sigaren, maakt gebruik van een sigarenpijpje en heeft een bot pennenmesje in zijn zak. Er zijn nog enige andere aanwijzingen, maar deze zijn wellicht voldoende om ons bij onze zoekactie behulpzaam te zijn.'

Lestrade lachte. 'Ik ben bang dat ik nog altijd een beetje sceptisch ben,' zei hij. 'Theorieën zijn mooie dingen, maar we zullen ons geplaatst zien tegenover een koppige Britse jury.'

'*Nous verrons*,' zei Holmes rustig. 'Werk jij maar volgens je eigen methode. Ik doe dat volgens de mijne. Ik zal het vanmiddag druk krijgen en waarschijnlijk met de avondtrein naar Londen terugkeren.'

'En dat zonder deze zaak te hebben afgerond?'

'Nee, afgerond en wel.'

'Maar het mysterie dan?'

'Dat is opgelost.'

'Wie heeft het dan gedaan?'

'De heer die ik zojuist heb beschreven.'

'Wie is dat dan?'

'Het zal je niet veel moeite kosten daarachter te komen. Er wonen in deze streek niet zo veel mensen.'

Lestrade haalde zijn schouders op. 'Ik ben een praktisch ingesteld man,' zei hij. 'En ik kan hier werkelijk niet zomaar op zoek gaan naar een linkshandige heer met een mank been. Daarmee zou ik me op Scotland Yard belachelijk maken.'

'Best,' zei Holmes rustig. 'Ik heb je een kans gegeven. Ziezo, we zijn bij je kamers gearriveerd. Tot ziens. Voor mijn vertrek zal ik een briefje bij je laten bezorgen.'

We reden door naar ons hotel, waar de lunch al gereedstond. Holmes was zwijgzaam en in gedachten verzonken. Hij had een gekwelde uitdrukking op zijn gezicht, zoals iemand die kan hebben wanneer hij zich in een verwarrende situatie bevindt.

'Watson,' zei hij toen de tafel was afgeruimd, 'ga jij nu eens in deze stoel zitten en laat me een kleine predikatie afsteken. Ik weet niet precies wat ik moet doen en zou jouw raad op prijs stellen. Steek een sigaar op en laat me een uiteenzetting geven.'

'Ga je gang.'

'Bij het beschouwen van deze zaak zijn er twee punten in het verhaal van de jonge McCarthy die ons meteen opvielen. Ik beoordeelde die als gunstig voor hem. Jij vond dat ze tegen hem pleitten. Het eerste was die kreet van zijn vader voor hij hem ook maar had gezien. De andere die merkwaardige opmerking van de stervende man over een rat. Hij mompelde een paar woorden, zoals je weet, maar de zoon kon alleen dat woord "rat" opvangen. Van die twee punten moeten we bij ons onderzoek uitgaan en we zullen bij dat laatste beginnen in de veronderstelling dat die jongen de waarheid en niets anders dan de waarheid heeft gesproken.'

'Maar die kreet dan?'

'Tja, die kan duidelijk niet voor de zoon bedoeld zijn geweest. Voorzover hij wist, zat de zoon in Bristol. Het was puur toeval dat hij zo dicht in de buurt was dat hij die kreet kon horen. "Cooee!" was bedoeld om de aandacht te trekken van diegene met wie hij een afspraak had gemaakt. Nu is "Cooee!" een duidelijk Australische uitroep. Dus ligt de veronderstelling zonder meer voor de hand dat de persoon die McCarthy verwachtte bij het Boscombemeer te treffen, iemand was die in Australië was geweest.'

'En die rat?'

Sherlock haalde een opgevouwen velletje papier uit zijn zak en streek dat op tafel glad. 'Dit is een kaart van de Victoria-kolonie,' zei hij. 'Gisterenavond heb ik een telegram naar Bristol gestuurd met het verzoek mij zoiets toe te zenden.' Hij bedekte een deel van de kaart met zijn hand. 'Wat lees je daar?'

'RAT!' zei ik.

'En nu?' Hij haalde zijn hand weg.

'BALLARAT.'

'Inderdaad. Dat woord noemde de man. Zijn zoon ving er alleen de laatste lettergreep van op. Hij probeerde de naam van zijn moordenaar te noemen. De heer zus en zo, uit Ballarat.'

'Geweldig!' riep ik uit.

'Voor de hand liggend. Je ziet dus dat ik het terrein van onderzoek op deze manier aanzienlijk had verkleind. Ook het bezitten van een grijs kledingstuk stond vast, wanneer de verklaring van de zoon klopte. Dus nu beschikken we over het gegeven dat we moeten zoeken naar een Australiër uit Ballarat die een grijze jas heeft.'

'Inderdaad.'

'En iemand die thuis was in dit district, want dit meer kun je alleen bereiken via de boerderij of het landgoed, waar vreemden zich niet zullen ophouden.'

'Klopt.'

'En toen hebben we vandaag die expeditie ondernomen. Door het bekijken van de grond heb ik de onbelangrijke details verkregen met betrekking tot de persoon van de moordenaar, die ik ook aan die imbeciel van een Lestrade heb doorgegeven.'

'Hoe heb je die dan verkregen?'

'Je kent mijn methode. Aan de hand van het waarnemen van zo op het oog onbelangrijke dingen.'

'Ik weet dat je zijn lengte ruwweg kan schatten aan de hand van de grootte van zijn passen. Laarzen kunnen worden geïdentificeerd aan de hand van afdrukken.'

'Ja, het waren opmerkelijke laarzen.'

'Maar dat mank lopen?'

'De afdruk van de rechtervoet was overal minder duidelijk dan die van de linker. Hij verdeelde zijn gewicht ongelijk. Waarom? Omdat hij hinkte, mank liep.'

'Maar dat linkshandig-zijn?'

'Je hebt zelf iets opgemerkt over de verwonding waarvan de arts tijdens het gerechtelijk vooronderzoek melding heeft gemaakt. De slag trof de man van achteren, maar wel aan de linkerkant. Dus kon die alleen maar zijn toegebracht door iemand die links is. Hij had tijdens het gesprek tussen vader en zoon achter die boom gestaan. Hij had er zelfs gerookt. Ik vond de as van een sigaar en mijn bijzondere kennis van de as van tabak stelde me in staat te verklaren dat het een Indische sigaar was. Ik heb daar, zoals je weet, enige aandacht aan besteed en een kleine monografie geschreven over de as van 140 verschillende soorten tabak voor pijpen, sigaren en sigaretten. Toen ik die as had gevonden, heb ik eens verder om me heen gekeken en de peuk gevonden te midden van het mos, waar hij hem had neergegooid. Het was inderdaad een Indische sigaar, van het type dat in Rotterdam wordt vervaardigd.'

'En het sigarenpijpje?'

'Ik kon zien dat het uiteinde niet in zijn mond had gezeten. Dus moest hij een pijpje hebben gebruikt. De punt was afgesneden en niet gebeten, maar de incisie was niet fraai, dus maakte ik daaruit op dat hij ervoor een bot pennenmesje had gebruikt.'

'Holmes,' zei ik, 'je hebt een net rond deze man dichtgetrokken waaruit hij niet meer kan ontsnappen. En je hebt het leven van een onschuldige gered, even daadwerkelijk als wanneer je het touw had doorgesneden waarmee hij zou worden opgehangen. Ik begrijp nu in welke richting dit alles wijst. De schuldige is...'

'De heer John Turner!' riep de gerant van het hotel, die de deur van onze zitkamer openmaakte en de bezoeker binnenliet.

De man die binnenkwam was een vreemde, indrukwekkende figuur. Hij liep mank en langzaam en zijn schouders waren gebogen. Daardoor zag hij er een beetje afgeleefd uit. Maar zijn harde, diepdoorgroefde, verweerde gezicht en zijn reusachtige ledematen maakten duidelijk dat hij over een ongewone lichaamskracht en een ongewoon sterke geest beschikte. Zijn verwarde baard, grijze haren en volle, neerhangende wenkbrauwen gaven hem tezamen iets waardigs en krachtigs. Zijn gezicht was echter asgrauw. Zijn lippen en neusvleugels zagen een beetje blauw. Een blik op hem was voor mij voldoende om vast te stellen dat de man aan een chronische, fatale ziekte leed.

'Gaat u alstublieft op de sofa zitten,' zei Holmes vriendelijk. 'Heeft u mijn briefje ontvangen?'

'Ja, de portier heeft het me gegeven. U zei dat u me hier wilde spreken om een schandaal te voorkomen.'

'Ik dacht dat de mensen zouden gaan roddelen wanneer ik naar de Hall ging.'

'En waarom wilde u me spreken?' Hij keek mijn metgezel aan met vermoeide ogen waaruit wanhoop sprak, alsof hij al een antwoord op die vraag had gekregen.

'Ja,' zei Holmes, eerder in antwoord op de blik dan de vraag. 'Inderdaad. Ik weet alles over die kwestie met McCarthy.'

De oude man begroef zijn gezicht in zijn handen. 'God sta me bij!' riep hij. 'Ik zou het niet hebben laten gebeuren dat die jongeman kwaad werd berokkend. Ik geef u mijn woord dat ik mijn stilzwijgen zou hebben verbroken wanneer de rechtbank zich tegen hem had uitgesproken.'

'Ik ben blij u dat te horen zeggen,' zei Holmes ernstig.

'Ik zou nu al gesproken hebben wanneer ik mijn dochter niet had gehad. Wanneer zij hoorde dat ik was gearresteerd, zou... zal dat haar hart breken.'

'Misschien hoeft het niet zover te komen,' zei Holmes.

'Wat zegt u?'

'Ik ben geen politieman. Ik heb begrepen dat uw dochter om mijn aanwezigheid hier heeft verzocht en ik doe datgene wat in haar belang is. Maar de jonge McCarthy moet wel van alle blaam worden gezuiverd.'

'Ik ben stervende,' zei de oude Turner. 'Ik heb al jarenlang suikerziekte. Mijn arts zegt dat het de vraag is of ik nog een maand zal leven. Maar ik zou liever onder mijn eigen dak sterven dan in een gevangenis.'

Holmes stond op en ging aan tafel zitten met zijn pen in zijn hand en een stapeltje papieren voor zich. 'Vertelt u ons de waarheid nu maar,' zei hij. 'Ik zal alle feiten opschrijven. Dan moet u dit ondertekenen, met Watson als getuige. Op die manier kan ik uw schuldbekentenis laten zien om de jonge McCarthy te redden wanneer dat op geen enkele andere manier mogelijk blijkt. Ik beloof u dat ik er alleen gebruik van zal maken wanneer het helemaal niet anders kan.'

'Goed,' zei de oude man. 'Het is de vraag of ik nog in leven zal zijn wanneer het hof zitting houdt, maar ik zou Alice zo graag deze schok willen besparen. Nu zal ik u alles vertellen. De geschiedenis is lang, maar wel in een paar woorden verteld.

U heeft de dode, McCarthy, niet gekend. Hij was de duivel in hoogsteigen persoon. Dat kan ik u wel vertellen. Moge God u ervoor behoeden ooit in de klauwen van een dergelijk man terecht te komen. Hij heeft me twintig jaar lang in zijn macht gehad en mijn leven verwoest. Ik zal u eerst vertellen hoe hij me in zijn macht heeft gekregen.

Dat gebeurde in de jaren zestig, bij de mijnen. Ik was toen een jonge vent, heetgebakerd en roekeloos, bereid alles te proberen. Ik kwam in slecht gezelschap te verkeren, ging drinken, kon op mijn stuk grond niets vinden, trok de wildernis in en werd kortom een struikrover, zoals u dat hier zou noemen. We waren met z'n zessen en leidden een wild, vrij leventje. Af en toe overvielen we een nederzetting, of hielden de wagens aan die onderweg waren naar de mijnen. Ik werd toen Zwarte Jack van Ballarat genoemd en in de kolonie staan we nog altijd als de Ballaratbende bekend.

Op een dag vertrok er een goudzending van Ballarat naar Melbourne. We legden een hinderlaag en roofden het goud. Er waren zes soldaten en wij waren eveneens met z'n zessen, dus was het kantje boord, maar bij het eerste vuur vielen er al meteen vier soldaten uit het zadel. Voor we de buit binnen hadden, hadden drie van onze jongens echter wel het leven verloren. Ik drukte mijn pistool tegen het hoofd van de man die op de bok van de wagen zat en dat was McCarthy. Ik wou bij God dat ik hem toen had doodgeschoten, maar ik spaarde hem, ondanks het feit dat ik zag dat hij mijn gezicht met zijn geniepige kleine oogjes heel aandachtig opnam, alsof hij dat voor altijd in zijn geheugen wilde griffen. We gingen er met het geld vandoor, waren in één klap rijk en gingen naar Engeland zonder dat iemand achterdocht jegens ons koesterde. Daar nam ik afscheid van mijn oude makkers en besloot een rustig en respectabel leven te gaan leiden. Ik kocht dit landgoed, dat toevallig te koop was, en besloot met mijn geld wat goeds te gaan doen om de manier waarop ik het had verkregen, weer een beetje goed te maken. Ik trouwde en hoewel mijn vrouw jong overleed, had ze me mijn lieve kleine Alice geschonken. Zelfs als baby'tje al leek ze me in het goede spoor te kunnen houden. Om kort te gaan: ik begon aan een nieuw hoofdstuk en deed mijn best mijn verleden goed te maken. Alles ging goed, tot McCarthy me in zijn greep kreeg.

Ik was naar de stad gegaan om een bankzaak te regelen en kwam hem in Regent Street tegen. Hij zag er armetierig uit. Nauwelijks een jas aan zijn lijf of laarzen aan zijn voeten.

"Daar ben ik dan, Jack," zei hij tegen me. "Met mijn zoon. We worden familie van je. Je zult ons moeten onderhouden. Wanneer je dat niet doet, kunnen we er altijd een politieagent bij halen, want hier in Engeland wordt geen loopje genomen met de wet!"

Ze kwamen later achter me aan naar dit landgoed en ik kon ze op geen enkele manier afschudden. Vanaf die tijd hebben ze op mijn beste stuk grond gewoond zonder er ooit een cent voor te hoeven betalen. Ik kende toen geen rust meer, geen vrede. Het verleden vergeten was onmogelijk geworden. Overal waar ik ging, werd ik gevolgd door dat sluwe, grijnzende gezicht van hem. Het werd erger toen Alice groter werd, want hij zag al spoedig in dat ik banger was dat zij mijn verleden zou kennen dan ik dat voor de politie was. Hij moest alles krijgen wat hij hebben wilde, en dat gaf ik hem dan zonder vragen te stellen – land, geld, huizen, tot hij uiteindelijk iets vroeg wat ik hem niet kon geven: Alice.

Zijn zoon was volwassen geworden, weet u, net als mijn dochter. Omdat hij wist dat mijn gezondheid slecht was, leek het hem geen gek idee om zijn zoon al mijn bezittingen te laten erven. Maar wat dat betreft hield ik voet bij stuk. Ik wilde niet dat zijn vervloekte familie zich zou vermengen met de mijne. Niet dat ik die jongen onaardig vond, maar hij had het bloed van zijn vader in zich en dat was genoeg. Ik hield voet bij stuk. McCarthy dreigde. Ik daagde hem uit dan maar te doen wat hij wilde. We zouden elkaar treffen bij het meer dat halverwege tussen onze huizen lag en de zaak daar verder bespreken.

Toen ik daar arriveerde, zag ik dat hij met zijn zoon stond te praten, dus rookte ik een sigaar en wachtte achter een boom totdat hij weer alleen zou zijn. Maar toen ik hem hoorde praten, leek alles wat zwart en bitter in me was, opeens naar boven te komen. Onbedwingbaar. Hij drong er bij zijn zoon op aan met mijn dochter te trouwen, waarbij hij zo weinig rekening met haar gevoelens hield dat ze een straatsletje had kunnen zijn. Ik werd krankzinnig bij de gedachte dat ik en alles wat mij het dierbaarste was in de macht van die man verkeerden. Kon ik daar geen einde aan maken? Ik was stervende en wanhopig. Hoewel mijn geest helder was en ik nog over een redelijke lichaamskracht beschikte, wist ik dat mijn eigen lot was beslist. Maar de nagedachtenis aan mij en mijn lieve dochter! Beide konden worden gered wanneer ik die smerige tong voor altijd het zwijgen kon opleggen. Ik heb dat gedaan, meneer Holmes, en ik zou het weer doen. Ik heb zwaar gezondigd, maar een martelarenleven geleid om daarvoor boete te doen. Ik kon het echter niet verdragen dat mijn dochter in dezelfde misère zou belanden als ik. Ik sloeg hem neer met niet meer gewetensbezwaar dan ik zou hebben gehad wanneer hij een of ander smerig, giftig beest was geweest. Zijn kreet deed zijn zoon op diens schreden terugkeren, maar toen zat ik alweer in het bos, hoewel ik wel gedwongen was terug te gaan om de jas te halen die ik tijdens mijn vlucht had laten vallen. Dat is het ware verhaal, mijne heren.'

'Het is niet aan mij om een oordeel over u te vellen,' zei Holmes terwijl de oude man de verklaring tekende die hij had opgesteld. 'Ik hoop dat we nooit met een dergelijke verleiding worden geconfronteerd.'

'Dat hoop ik ook, meneer. En wat bent u nu van plan te gaan doen?'

'Gezien uw gezondheidstoestand: niets. U beseft zelf dat u spoedig verantwoording voor uw daad zult moeten afleggen voor een hoger hof dan dit wereldse. Ik zal uw bekentenis bewaren en wanneer McCarthy wordt veroordeeld, zal ik gedwongen zijn er gebruik van te maken. Zo niet, dan zal die nooit een sterveling onder ogen komen. Uw geheim zal dan veilig zijn bij ons, of u nog in leven blijft of komt te overlijden.'

'Vaarwel dan,' zei de oude man plechtig. 'Uw eigen doodsbed zal te zijner tijd lichter zijn wanneer u terugdenkt aan de vrede waarmee u mij in staat heeft gesteld te sterven.' Zijn reusachtige lichaam wankelde en trilde toen hij langzaam de kamer uitging.

'God sta ons bij!' zei Holmes na een lange stilte. 'Waarom doet het lot arme, hulpeloze schepsels dergelijke dingen aan? Telkens wanneer ik met een zaak als deze word geconfronteerd, moet ik aan de woorden van Baxter denken en zeggen: "Sherlock Holmes zou, zonder Gods genade, niemand zijn."'

James McCarthy werd door het rondtrekkende hof vrijgesproken op grond van een aantal feiten die door Holmes waren opgeschreven en aan de raadsman van de jongeman waren overhandigd. De oude Turner leefde na ons gesprek nog zeven maanden, maar is inmiddels overleden. Het ziet er alleszins naar uit dat de zoon en de dochter samen verder een gelukkig leven zullen gaan leiden zonder zich bewust te zijn van de donkere wolk die boven hun verleden hangt.

The Boscombe Valley Mystery, oktober 1891

De klerk van de effectenmakelaar

[15 juni 1889]

Kort na mijn huwelijk had ik een praktijk gekocht in de wijk Paddington. De oude meneer Farquhar, van wie ik die kocht, had eens een uitstekend lopende praktijk gehad. Maar die was sterk achteruitgegaan toen hij ouder werd en een aandoening kreeg die veel weg had van chorea infectuosa. Het grote publiek gaat, niet geheel tegennatuurlijk, van de veronderstelling uit dat degene die anderen moet genezen, zelf gezond moet zijn en de medische vermogens van een man die zichzelf met medicijnen niet meer kan genezen, worden in zo'n geval met een zekere argwaan bekeken. Dus ging de praktijk van mijn voorganger achteruit toen diens gezondheid verslechterde en op het moment dat ik die van hem overnam, had hij in plaats van twaalfhonderd nog maar driehonderd patiënten. Maar ik vertrouwde op mijn jeugd en energie en was ervan overtuigd dat ik de praktijk binnen een paar jaar weer kon laten bloeien als vroeger.

De eerste drie maanden na die overname had ik het erg druk en zag ik mijn vriend Sherlock Holmes maar zelden, omdat ik nauwelijks gelegenheid had naar Baker Street te gaan. Bovendien kwam hij zelf maar zelden de deur uit, tenzij hij beroepshalve op expeditie moest. Dus verbaasde het me toen ik op een juni-ochtend, terwijl ik een medisch tijdschrift zat te lezen, de bel hoorde, gevolgd door de hoge, ietwat schelle stem van mijn oude metgezel.

'Aha, mijn beste Watson,' zei hij, terwijl hij met grote passen de kamer in kwam, 'wat heerlijk je te zien. Ik vertrouw erop dat mevrouw Watson weer geheel is hersteld van alle opwinding die gepaard is gegaan met ons avontuur rond *Het teken van de vier*.'

'Dank je. Het gaat ons beiden goed,' zei ik en ik schudde hem hartelijk de hand.

'En ik hoop ook,' zei hij terwijl hij in de schommelstoel ging zitten, 'dat de medische verzorging je niet volstrekt blind heeft gemaakt voor onze kleine deductieve probleempjes waar je vroeger belangstelling voor aan den dag legde?'

'Integendeel,' antwoordde ik. 'Gisterenavond nog heb ik mijn oude aantekeningen in zitten kijken en een deel van de resultaten die we in het verleden hebben behaald, gerangschikt.'

'Ik vertrouw erop dat je je verzameling niet als afgerond beschouwt?'

'In het geheel niet. Ik zou niets liever willen dan meer van soortgelijke ervaringen opdoen.'

'Vandaag, bijvoorbeeld?'

'Ja, vandaag wanneer je dat wenst.'

'En je hebt er geen bezwaar tegen helemaal naar Birmingham te gaan?'

'Zeker niet, wanneer je prijs stelt op mijn gezelschap.'

'En je praktijk dan?'

'Wanneer mijn buurman weg is, neem ik altijd de zijne over. En hij is altijd bereid iets terug te doen.'

'Ha! Het kon niet mooier,' zei Holmes, die achteroverleunde in zijn stoel en me van achter half geloken oogleden aandachtig opnam. 'Ik zie dat je je de laatste tijd niet zo goed hebt gevoeld. Zo'n zomerverkoudheid mat altijd af.'

'Vorige week heb ik vanwege een kou inderdaad drie dagen binnen moeten blijven. Maar ik dacht dat daarvan nu niets meer te zien was.'

'Je ziet er inderdaad weer robuust uit.'

'Hoe heb je het dan toch kunnen constateren?'

'Mijn beste kerel, je kent mijn methodes toch?'

'Je hebt het dus uit iets afgeleid?'

'Inderdaad.'

'Waaruit dan wel?'

'Je pantoffels.'

Ik keek naar de nieuwe leren pantoffels die ik aanhad. 'Hoe heb je in vredesnaam...' begon ik, maar Holmes beantwoordde mijn vraag al voor die was gesteld.

'Die pantoffels zijn nieuw,' zei hij. 'Je hebt ze op zijn hoogst pas een paar weken. De zolen die je me thans laat zien, zijn een beetje geblakerd. Even dacht ik dat ze nat waren geweest en bij het drogen toen een beetje geschroeid. Maar bij de hiel zie ik een klein rond etiketje waarop de hiëroglyfen van de schoenmaker staan. Vocht zou dat etiketje hebben losgeweekt. Dus kwam ik tot de conclusie dat je met je benen naar de haard uitgestrekt, hier in huis hebt gezeten en dat zal iemand in de maand juni niet doen wanneer hij in goede gezondheid verkeert, hoe nat het buiten ook is.'

Ook nu weer leek die verklaring uiterst eenvoudig, meende ik. Hij las die gedachte af op mijn gezicht en zijn glimlach had iets bitters.

'Ik ben bang dat ik mezelf verraad wanneer ik voor dergelijke deducties een verklaring geef,' zei hij. 'Resultaten zijn veel indrukwekkender wanneer ze zonder verklaring te berde worden gebracht. Dus je bent bereid met me mee te gaan naar Birmingham?'

'Zeker. Waar gaat het om?'

'Dat zal ik je in de trein allemaal vertellen. Mijn cliënt zit in een rijtuig dat hier voor de deur staat. Kun je nu meteen meegaan?'

'Een seconde.' Snel krabbelde ik een briefje voor mijn buurman, rende naar boven om mijn vrouw het een en ander uit te leggen en voegde me toen bij de voordeur weer bij Holmes.

'Je buurman is arts,' zei hij, knikkend in de richting van de koperen naamplaat.

'Ja, hij heeft net als ik een praktijk gekocht.'

'Een gevestigde praktijk?'

'Ja, net als de mijne. Toen deze huizen waren gebouwd, zijn artsen er meteen een praktijk in begonnen.'

'Aha! En jij hebt de beste kunnen kopen.'

'Dat geloof ik wel. Maar hoe weet jij dat?'

'Door naar de treden te kijken, mijn jongen. Die van jou zijn zeven centimeter meer uitgesleten dan de zijne. Maar de heer daar in het rijtuig is mijn cliënt en luistert naar de naam Hall Pycroft. Mag ik je aan hem voorstellen? En nu snel rijden, koetsier, want we hebben nog maar net tijd genoeg om de trein te halen!'

De man tegenover wie ik kwam te zitten, was een goedgebouwde jonge kerel met een open, eerlijk gezicht en een kleine, borstelige gele snor. Hij droeg een heel glimmende hoge hoed en een sober, net zwart pak hetgeen hem eruit deed zien als wat hij was – een slimme jongeman die in de City werkte, behorend tot de klasse die het etiket 'cockney' opgeplakt gekregen heeft, maar die onze beste vrijwilligersregimenten voortbrengt en meer atleten en sportbeoefenaars aflevert dan welke andere bevolkingsklasse ook. Zijn ronde, blozende gezicht stond van nature opgewekt, maar de mondhoeken leken in halfkomisch verdriet, zo meende ik, omlaag te hangen. Pas toen we in een eersteklasrijtuig al een eind onderweg waren naar Birmingham, mocht ik vernemen welk probleem hem naar Sherlock Holmes had gevoerd.

'We rijden nu zeventig minuten door zonder te stoppen,' zei Holmes. 'Meneer Hall Pycroft, ik zou nu graag zien dat u mijn vriend hier over uw interessante ervaring vertelt op dezelfde wijze als u die mij heeft beschreven en zo mogelijk liefst nog met meer details. Het is voor mij nuttig om de opeenvolgende gebeurtenissen nogmaals de revue te zien passeren. Het is een kwestie, Watson, die iets in zich kan blijken te hebben, of niets. In ieder geval vertoont ze die ongebruikelijke en *outré* aspecten die jou even dierbaar zijn als mij. En nu, meneer Pycroft, zal ik u verder niet meer onderbreken.'

Onze metgezel keek me aan met pretlichtjes in zijn ogen.

'Het ergste van mijn hele verhaal,' zei hij, 'is wel dat ik eruit te voorschijn kom als een idiote dwaas. Natuurlijk is het mogelijk dat alles op zijn pootjes terechtkomt en ik geloof niet dat ik anders had kunnen handelen. Maar wanneer ik mijn baantje kwijt ben en er niets anders voor in de plaats kan vinden, zal het me duidelijk worden wat een slappeling ik ben geweest. Ik ben niet zo goed in het vertellen van verhalen, dokter Watson, maar het mijne luidt als volgt:

Ik had vroeger een baan bij Coxon & Woodhouse aan Draper Gardens, maar zoals u ongetwijfeld weet, kregen ze een lelijke pijp te roken door die Venezolaanse lening vroeg in de lente en gingen over de kop. Ik had er vijf jaar gewerkt en de oude Coxon gaf me een schitterend getuigschrift mee toen de klap kwam. Alle zevenentwintig klerken kwamen toen op straat te staan. Ik probeerde her en der een andere baan te vinden, maar er waren talloze andere jongens die met hetzelfde probleem zaten als ik en lange tijd liep iedere poging op een volslagen mislukking uit. Ik kreeg bij Coxon drie pond per week en ik had er ongeveer zeventig gespaard, maar ik was daar al spoedig doorheen en dus platzak. Uiteindelijk was ik vrijwel ten einde raad en kon ik nauwelijks meer geld bijeenschrapen voor de postzegels van brieven waarmee ik op advertenties reageerde. Ik had mijn laarzen versleten met het op en af lopen van trappen naar kantoren en ik scheen nergens een plekje te kunnen vinden.

Uiteindelijk zag ik dat er een vacature was bij Mawson & Williams, het bekende effectenmakelaarskantoor aan Lombard Street. Ik denk dat u niet zo goed bekend bent in het oostelijke deel van het centrum van Londen, maar ik kan u wel vertellen dat die firma een van de rijkste in de hele stad is. Op de advertentie kon alleen per brief worden gereageerd. Ik stuurde sollicitatie en getuigschrift in, maar zonder de minste hoop dat baantje te krijgen. Per kerende post ontving ik echter een antwoord op mijn schrijven, waarin stond dat ik de maandag daarop direct aan het werk kon gaan, mits mijn uiterlijk niets te wensen overliet. Niemand weet hoe zo'n besluit wordt genomen. Sommige mensen beweren dat de personeelschef domweg zijn hand in de stapel sollicitatiebrieven steekt en er een uit pakt. In ieder geval was het raak voor mij en was ik nog nooit zo in mijn nopjes geweest. Ik zou een pond per week meer krijgen en ongeveer hetzelfde moeten doen als bij Coxon.

En nu kom ik toe aan het vreemde van die hele affaire. Ik woonde op kamers aan Potter's Terrace nummer 17, de kant van Hampstead op. Diezelfde avond van de dag waarop ik die brief had ontvangen, zat ik te roken. Mijn hospita kwam toen naar boven met een visitekaartje waarop stond: ARTHUR PINNER, FINANCIEEL ADVISEUR. Ik had die naam nog nooit eerder gehoord en kon me niet voorstellen wat die man van me wilde, maar natuurlijk vroeg ik haar hem tot me toe te laten. Hij kwam binnen. Het was een man van normale lengte, met donker haar en donkere ogen en een zwarte baard en met enigszins joodse gelaatstrekken. Hij trad resoluut op en sprak kort en krachtig, als iemand die weet dat tijd geld is.

"Meneer Hall Pycroft, neem ik aan?"

"Inderdaad, meneer," zei ik en ik schoof een stoel voor hem aan.

"Tot voor kort werkzaam bij Coxon & Woodhouse?"

"Inderdaad, meneer."

"En nu behorend tot de staf van Mawson?"

"Klopt als een bus."

"Tja," zei hij, "om u de waarheid te zeggen, heb ik werkelijk buitengewone verhalen gehoord over uw talenten op financieel gebied. U zult zich Parker nog wel herinneren, die voorheen manager bij Coxon was. Die man blijft u maar ophemelen."

Natuurlijk deed het me deugd dat te horen. Ik was op kantoor altijd behoorlijk scherpzinnig geweest, maar ik had nooit gedacht dat er in de City op die manier over me zou worden gesproken.

"Heeft u een goed geheugen?" vroeg hij.

"Redelijk," antwoordde ik bescheiden.

"Heeft u toen u geen werk had, zich wel op de hoogte gehouden van de markt?" vroeg hij.

"Ja, ik heb de beursberichten iedere ochtend doorgenomen."

"Dat bewijst hoe goed u bent," riep hij uit. "Op die manier kun je rijk worden! U zult het hopelijk niet erg vinden wanneer ik uw kennis even op de proef stel? Hoe staan de aandelen van Ayrshire?"

"Honderdzes en een kwart tot honderdvijf en zeven achtste."

"En de geconsolideerde obligaties van Nieuw-Zeeland?"

"Honderdvier."

"En het British Broken Hills?"

"Zeven tot zeven en zes tiende."

"Geweldig!" riep hij uit en hij hief zijn handen omhoog. "Dit klopt precies met alles wat ik al heb gehoord. Mijn hemel, mijn hemel, u bent veel te goed om als klerk bij Mawson te gaan werken!"

Die uitbarsting verbaasde me nogal, zoals u zich zult kunnen indenken. "Tja," zei ik, "andere mensen denken minder enthousiast over mij dan u, meneer Pinner. Ik heb hard moeten vechten voor dit baantje en ik ben heel erg blij dat ik het heb gekregen."

"Poeh! Nonsens! U kunt veel en veel beter dan dat! U hebt zich domweg nog niet kunnen bewegen op het terrein dat voor u het meest geschikt is. Ik zal u vertellen wat ik u kan bieden. Dat is niet veel, uw talenten in aanmerking genomen, maar het aanbod verhoudt zich tot dat van Mawson als licht tot duisternis. Laat me eens nadenken. Wanneer moet u bij Mawson beginnen?"

"Aanstaande maandag."

"Aha! Ik denk dat ik er wel een wedje op kan afsluiten dat u daar helemaal niet naartoe zult gaan!"

"Dat ik niet naar Mawson toe zal gaan?"

"Nee meneer. Op die dag zult u namelijk manager zijn van de Franco-Midland IJzerwaren Maatschappij BV die honderdvierendertig bijkantoren heeft in de steden en dorpen van Frankrijk, om nog maar te zwijgen over een kantoor in Brussel en een in San Remo."

Ik stond versteld. "Ik heb nog nooit van die maatschappij gehoord," zei ik.

"Dat is heel aannemelijk. Er is over de oprichting van die maatschappij niet veel gesproken, omdat het kapitaal in zijn geheel door particulieren bijeen is gebracht en alles zo veelbelovend gaat dat het onverstandig zou zijn het grote publiek erbij te betrekken. Mijn broer, Harry Pinner, is de promotor ervan en zal binnenkort aan de raad van commissarissen worden toegevoegd. Hij wist dat ik hier veel mensen ken en heeft me gevraagd voor weinig geld een goede kracht aan te trekken. Een jonge, energieke man die zijn mondje goed kan roeren. Parker heeft toen uw naam laten vallen en daarom ben ik vanavond hier. We kunnen u helaas niet meer aanbieden dan het miezerige aanvangssalaris van vijfhonderd pond per jaar."

"Vijfhonderd pond per jaar!" schreeuwde ik.

"Als beginsalaris. Maar u zult een commissieloon ontvangen van één procent van alle contracten die onze vertegenwoordigers kunnen afsluiten en u kunt me op mijn woord geloven wanneer ik u zeg dat daar een hoger bedrag uit zal voortkomen dan uw salaris."

"Maar ik weet niets af van ijzerwaren!"

"Rustig maar, mijn beste kerel. U weet wel alles af van cijfers."

Mijn hoofd leek te gonzen en ik kon nauwelijks stil blijven zitten in mijn stoel. Maar plotseling begon ik een beetje te twijfelen.

"Ik moet open kaart spelen," zei ik. "Mawson geeft me niet meer dan tweehonderd pond per jaar, maar Mawson is een betrouwbare firma. En van uw maatschappij weet ik zo weinig af dat..."

"Aha! Slim, heel slim!" riep hij volslagen verrukt uit. "U bent precies de man die we zoeken. U bent niet bereid u te laten ompraten en terecht! Hier heeft u een biljet van honderd pond en wanneer u van mening bent dat we zaken kunnen doen, kunt u dat in uw zak stoppen, als voorschot op uw salaris."

"Dat is heel fraai," zei ik. "Wanneer moet ik beginnen?"

"Morgenmiddag om één uur moet u in Birmingham zijn," zei hij. "Ik heb hier in mijn zak een brief zitten die u aan mijn broer moet overhandigen. U zult hem aantreffen in Corporation Street op nummer 126B, waar het kantoor van onze maatschappij tijdelijk is gehuisvest. Natuurlijk moet hij uw aanstelling bekrachtigen, maar tussen ons gezegd en gezwegen, zal hij dat zonder enige twijfel doen."

"Meneer Pinner, ik kan mijn dank niet goed onder woorden brengen," zei ik.

"Is nergens voor nodig, mijn jongen. U krijgt alleen maar wat u rechtens toekomt. Er zijn echter enige kleine dingen – niets anders dan formaliteiten – die ik eerst met u moet regelen. Ik zie dat er daar naast u een paar velletjes papier liggen. Wilt u zo vriendelijk zijn daarop het volgende te schrijven? 'Ik ben volkomen bereid om als manager op te treden voor de Franco-Midland IJzerwaren Maatschappij BV en wel voor een minimumsalaris van £ 500 per jaar.'"

Ik deed wat me was gevraagd en hij stopte het velletje papier in zijn zak.

"Nog een ander detail," zei hij toen. "Wat bent u van plan met Mawson te gaan doen?"

In mijn vreugde was ik Mawson helemaal vergeten. "Ik zal die firma een ontslagbrief sturen," zei ik.

"Dat moet u nu juist niet doen. Ik heb met de manager van Mawson ruzie gekregen over u. Ik was naar hem toe gegaan om inlichtingen over u in te winnen en hij gedroeg zich heel beledigend. Hij beschuldigde me ervan dat ik u weg wilde lokken uit zijn dienst en zo. Op het laatst ben ik toen nogal nijdig geworden. 'Wanneer u goede mensen in dienst wilt nemen, zou u die een goed salaris moeten uitbetalen,' zei ik.

En toen zei hij dat u eerder akkoord zou gaan met hun lage salaris dan met mijn veel hogere aanbod.

'Ik durf om vijf pond met u te wedden,' zei ik toen, 'dat u nooit meer iets van hem zult vernemen wanneer hij mijn aanbod heeft gehoord.'

'Uitstekend,' zei hij. 'We hebben hem uit de goot opgeraapt en zo gemakkelijk zal hij ons niet in de steek laten.' Dat waren exact zijn woorden."

"Die onbeschofte vlerk!" riep ik uit. "Ik heb die man nog nooit van mijn leven gezien! Waarom zou ik in enig opzicht rekening met hem houden? Ik zal hem beslist niet schrijven wanneer u dat liever niet heeft."

"Uitstekend. Dat is dan afgesproken," zei hij terwijl hij uit zijn stoel overeind kwam. "Ik vind het heerlijk voor mijn broer zo'n goede werknemer te hebben gevonden. Hier heeft u alvast dat voorschot van honderd pond en hier is de brief. Maakt u even een aantekening van het adres. Corporation Street nummer 126b. En vergeet u niet dat u er morgenmiddag om één uur moet zijn. Een goede avond verder en moge uw toekomst verlopen zoals u die verdient!"

Voorzover ik het me kan herinneren, heb ik ons gesprek zo volledig weergegeven. U zult zich kunnen voorstellen, dokter Watson, hoe blij ik ermee was. De halve nacht bleef ik op om ervan te genieten en de volgende dag nam ik een trein naar Birmingham die me daar ruim op tijd zou afzetten. Ik nam een kamer in een hotel in New Street en liep toen naar het mij opgegeven adres.

Ik was daar een kwartier te vroeg, maar ik dacht dat dat niet erg was. Nummer 126b was een gang tussen twee winkels, die naar een stenen wenteltrap leidde waarop vele appartementen uitkwamen die als kantoorruimtes aan maatschappijen en mensen die een praktijk moeten uitoefenen, waren verhuurd. Onder aan de trap stonden de namen van de huurders vermeld, maar ik kon de Franco-Midland IJzerwaren Maatschappij BV nergens ontdekken. De moed begon me aardig in de schoenen te zinken, maar toen ik daar een paar minuten besluiteloos had gestaan, kwam er een man op me af die me aansprak. Hij leek erg veel op de kerel die ik de avond daarvoor had gesproken – dezelfde gestalte en stem, maar deze man had wel lichter haar en bovendien geen baard.

"Bent u de heer Hall Pycroft?" vroeg hij.

"Ja," antwoordde ik.

"O! Ik verwachtte u al, maar u bent iets te vroeg. Ik heb vanmorgen een brief van mijn broer ontvangen waarin hij u de hemel in prijst."

"Toen u kwam, was ik net uw kantoor aan het zoeken."

"We hebben onze naam nog niet laten aanbrengen, want we hebben dit tijdelijk onderkomen pas vorige week gevonden. Komt u maar met me mee naar boven, dan kunnen we alles nader bespreken."

Ik liep achter hem aan een heel hoge trap op. Vlak onder het dak waren een paar lege, stoffige kamertjes, waarin geen tapijten op de grond lagen en geen gordijnen voor de ramen hingen. Ik had me een groot kantoor met glanzende tafels en rijen klerken voorgesteld, zoals ik dat gewend was, en ik moet nogal verbaasd hebben gestaard naar de twee rechte stoelen en het ene kleine tafeltje die tezamen met een dossier en een prullenbak het hele meubilair vormden.

"Laat u hierdoor niet ontmoedigen, meneer Pycroft," zei mijn nieuwe kennis toen hij zag hoe mijn gezicht betrok. "Keulen en Aken zijn niet op één dag gebouwd en we hebben een heleboel geld achter ons, hoewel we daarvan tot dusverre nog niet veel aan kantoren hebben besteed. Gaat u alstublieft zitten en geeft u me de brief."

Die gaf ik aan hem en hij las die heel aandachtig door.

"U schijnt grote indruk te hebben gemaakt op mijn broer Arthur," zei hij. "En ik weet dat hij mensen behoorlijk goed kan beoordelen. Hij zweert bij Londen, weet u. En ik bij Birmingham. Maar ditmaal zal ik zijn raad opvolgen. U kunt ervan uitgaan dat u in vaste dienst bent."

"Wat moet ik doen?" vroeg ik.

"U zult uiteindelijk de leiding krijgen over ons grote depot in Parijs, dat honderdvierendertig zaken in Frankrijk Engels aardewerk moet gaan leveren. Die transactie zal over een week rond zijn en tot die tijd moet u in Birmingham blijven en uzelf nuttig maken."

"Hoe?"

Bij wijze van antwoord haalde hij een groot rood boek uit een lade.

"Dit is een telefoongids van Parijs," zei hij. "Eigenlijk een soort beroepengids, waarin achter de naam het beroep van de persoon in kwestie staat vermeld. Ik wil dat u dit ding mee naar huis neemt en een notitie maakt van alle verkopers van ijzerwaren en hun adressen. Ik heb die hard nodig."

"Maar er bestaan toch ongetwijfeld lijsten gerangschikt naar beroep?" zei ik.

“Nee, althans niet een die volledig betrouwbaar is. Hun systeem is anders dan het onze. Zorgt u er maar voor dat ik maandag om twaalf uur over die lijst kan beschikken. Een goede dag verder, meneer Pycroft. Wanneer u intelligentie en ijver aan den dag blijft leggen, zult u merken dat dit bedrijf een uitstekende werkkring is.”

Ik liep met het grote boek onder mijn arm terug naar het hotel en voelde me nogal verward. Aan de ene kant had ik nu een vaste baan en honderd pond op zak; maar aan de andere kant had ik door het ontbreken van een naambord op de muur, het sjofele aanzien van het kantoor en alle andere dingen die een zakenman meteen opvallen, een slechte indruk overgehouden van de positie van mijn werkgevers. Maar in ieder geval had ik dat geld op zak en dus zette ik me aan de mij opgedragen arbeid. De hele zondag lang zat ik hard te werken, maar toch was ik die maandag niet verder gekomen dan de H. Ik ging naar mijn werkgever, trof hem aan in dezelfde kale kamer en kreeg te horen dat ik er tot woensdag mee moest doorgaan en me dan opnieuw moest melden. Die woensdag was ik nog steeds niet klaar, dus ging ik verder tot vrijdag – dat wil dus zeggen gisteren. Toen heb ik alles naar de heer Harry Pinner gebracht.

“Heel hartelijk dank,” zei hij. “Ik ben bang dat ik deze opdracht heb onderschat. Maar deze lijst zal me werkelijk aanzienlijk kunnen helpen.”

“Ik ben er inderdaad enige tijd mee bezig geweest,” zei ik.

“En nu,” zei hij, “wil ik dat u een lijst maakt van alle meubelzaken, want die verkopen tevens aardewerk.”

“Zoals u wilt.”

“Morgenavond om zeven uur moet u weer naar me toe komen om me te vertellen hoe ver u bent gevorderd. Werkt u niet te hard. Een paar uurtjes ’s avonds doorbrengen in Day’s Music Hall zou voor u na dat harde werken geen kwaad kunnen.” Hij lachte toen hij dat zei en ik zag met een huivering dat zijn tweede tand van links zeer slecht met goud was gevuld.'

Sherlock Holmes wreef vergenoegd in zijn handen en verbaasd staarde ik naar onze cliënt.

'Ik kan me voorstellen dat u verbaasd kijkt, dokter Watson,' zei hij, 'maar ik zal u vertellen hoe de zaken ervoor staan. Toen ik in Londen met die andere vent sprak, zag ik op het moment dat hij moest lachen toen ik verklaarde niet naar Mawson te zullen gaan, toevallig dat zijn tand op precies dezelfde manier was gevuld. In beide gevallen trok het glinsterende goud mijn aandacht, begrijpt u. Toen ik dat feit in verband bracht met een identiek stemgeluid en eenzelfde gestalte en bedacht wat er met behulp van een pruik of een scheermes kon worden bereikt, twijfelde ik er niet aan dat het een en dezelfde man was. Natuurlijk verwacht je van twee broers dat ze op elkaar lijken, maar niet dat ze eenzelfde tand hebben die op eenzelfde manier is gevuld. Met een buiging liet hij me uit en ik stond weer op straat, nauwelijks wetend wat me was overkomen. Ik ging terug naar het hotel, stopte mijn hoofd in een kom koud water en probeerde de betekenis van dit alles te achterhalen. Waarom had hij me naar Birmingham laten gaan? Waarom was hij daar eerder gearriveerd dan ik? En waarom had hij zelf een brief voor zichzelf geschreven? Ik kon er niet wijs uit worden. Toen bedacht ik opeens dat alles wat mij duister was, voor de heer Sherlock Holmes nog wel eens glashelder kon zijn. Ik had nog net tijd genoeg om de avondtrein te pakken, zodat ik hem vanmorgen kon spreken en u beiden mee terug kon nemen naar Birmingham.'

Nadat de klerk van de effectenmakelaar zijn verhaal had beëindigd, bleef het even stil. Toen keek Sherlock Holmes me scheef aan en leunde achterover in de kussens met een voldane en tegelijkertijd kritische uitdrukking op zijn gezicht, als een kenner die net een uitstekende wijn heeft geproefd.

'Mooi verhaal, nietwaar, Watson?' zei hij. 'Er zitten enige kanten aan die me genoegen doen. Ik denk dat je het met me eens zult zijn dat een gesprek met de heer Arthur Harry Pinner in het tijdelijke kantoor van de Franco-Midland IJzerwaren BV een nogal interessante ervaring voor ons beiden zou kunnen zijn.'

'Hoe kunnen we zoiets realiseren?' vroeg ik.

'O, gemakkelijk genoeg,' zei Hall Pycroft vrolijk. 'U bent vrienden van me die een baantje zoeken. En wat zou er normaler kunnen zijn dan dat ik jullie daarom aan de directeur voorstel?'

'Inderdaad,' zei Holmes. 'Ik zou die heer graag eens bekijken om te zien of ik dit kleine spelletje van hem niet kan verklaren. Over welke kwaliteiten, mijn vriend, beschik jij die je waardevol zouden kunnen maken als werknemer? Of is het mogelijk dat...' Hij begon op zijn nagels te bijten en staarde met nietsziende ogen uit het raam. Tot we in New Street arriveerden, konden we nauwelijks meer een woord uit hem krijgen.

Om zeven uur diezelfde avond liepen we gedrieën Corporation Street af naar het kantoorgebouw.

'Het is zinloos er te vroeg te arriveren,' zei onze cliënt. 'Hij komt er kennelijk alleen maar wanneer hij een afspraak heeft met mij, want tot het exacte tijdstip van zo'n afspraak is het kantoor volkomen verlaten.'

'Dat is veelzeggend,' merkte Holmes op.

'Kijk eens! Heb ik het u niet gezegd!' riep de klerk. 'Die man die daar voor ons loopt, dat is 'm!'

Hij wees op een vrij kleine, goedgeklede man die snel aan de andere kant van de weg voortliep. Terwijl we naar hem keken, kreeg hij een jongen in het vizier die de laatste editie van de avondkrant stond te verkopen. Snel stak hij tussen de vele taxi's en bussen over en kocht een exemplaar. Daarna verdween hij opeens een deur door.

'Daar gaat hij!' riep Hall Pycroft. 'Dat is het kantoorgebouw. Komt u nu maar mee. U zult zien dat het allemaal heel gemakkelijk gaat.'

Achter hem aan klommen we vier trappen op, tot we voor een halfgeopende deur stonden. Onze cliënt klopte aan. Een stem vroeg ons binnen te komen en we liepen de lege, ongemeubileerde kamer in, die Pycroft ons al had beschreven. Achter de ene tafel zat de man die we buiten hadden gezien en toen hij ons aankeek, had ik de indruk nog nooit eerder een gezicht te hebben gezien waarop de sporen van verdriet zo duidelijk af te lezen waren en ook sporen van iets wat erger was dan verdriet – afschuw, angst die maar weinig mensen in dit leven ooit zullen kennen. Op zijn voorhoofd parelden zweetdruppeltjes. Zijn wangen waren van een dodelijke, dofwitte kleur, zoals de buik van een vis, en zijn ogen stonden woest en starend. Hij keek naar zijn klerk alsof hij die niet herkende en ik kon aan de verbaasde uitdrukking op het gezicht van de man die ons hierheen had gebracht, zien dat zijn werkgever er normaal gesproken heel anders uitzag.

'U ziet er beroerd uit, meneer Pinner!' riep hij uit.

'Ja, ik voel me niet al te best,' antwoordde de andere man en hij stelde duidelijke pogingen in het werk om zichzelf te herpakken. Voor hij verderging, bevochtigde hij met zijn tong zijn droge lippen. 'Wie zijn die heren die u heeft meegenomen?'

'Dit is de heer Harris uit Bermondsey en dat de heer Price, die uit deze stad afkomstig is,' zei onze klerk gladjes. 'Het zijn vrienden van me, ervaren heren, die echter al enige tijd zonder werk zitten en hoopten dat u binnen uw bedrijf wellicht een plaatsje voor hen zou hebben.'

'Heel goed mogelijk! Heel goed mogelijk!' zei de heer Pinner met een ijzingwekkende glimlach. 'Ja, ik twijfel er niet aan dat we iets voor u beiden zullen kunnen doen. Meneer Harris, waar heeft u zich tot dusverre in het bijzonder mee beziggehouden?'

'Ik ben accountant,' zei Holmes.

'Aha! Ja, een dergelijk iemand zullen we nodig hebben. En u, meneer Price?'

'Klerk,' zei ik.

'Ik heb alle hoop dat ons bedrijf u werk kan verschaffen. Ik zal het u meteen laten weten wanneer we dienaangaande een besluit hebben genomen. En nu smeek ik u me alleen te laten. Gaat u nu in godsnaam weg!'

Die laatste woorden kwamen heel snel, alsof hij zichzelf plotseling helemaal niet meer in de hand kon houden. Holmes en ik keken elkaar even aan en Hall Pycroft deed een stap in de richting van de tafel.

'Meneer Pinner, u bent kennelijk vergeten dat ik hierheen moest komen om nadere orders van u in ontvangst te nemen,' zei hij.

'Inderdaad meneer Pycroft, inderdaad,' zei de ander nu weer wat rustiger. 'U kunt hier een ogenblikje wachten en er is geen reden waarom uw vrienden u daarbij niet gezelschap zouden houden. Over drie minuten sta ik geheel tot uw dienst. Ik hoop dat u bereid bent even geduld met me te hebben.' Heel hoffelijk kwam hij toen overeind uit zijn stoel, maakte een buiging en liep weg door een deur aan de andere kant van de kamer. Die deed hij vervolgens achter zich dicht.

'En nu?' fluisterde Holmes. 'Zou hij ervandoor gaan?'

'Onmogelijk,' antwoordde Pycroft.

'Waarom?'

'Die deur leidt naar een binnenkamer.'

'Zonder uitgang?'

'Zonder uitgang.'

'En is die gemeubileerd?'

'Gisteren was hij nog leeg.'

'Wat kan hij dan in vredesnaam aan het doen zijn? Er zit aan deze zaak een kant die ik niet begrijp. Wanneer er op deze wereld iemand rondloopt die door angst voor driekwart krankzinnig is, is het die Pinner wel. Waardoor kan hij zo van slag zijn geraakt?'

'Hij vermoedt dat we detectives zijn,' suggereerde ik.

'Natuurlijk!' riep Pycroft uit.

Holmes schudde zijn hoofd. 'Hij werd niet bleek, hij was al bleek toen we binnenkwamen,' zei hij. 'Het is misschien mogelijk dat...'

Zijn woorden werden onderbroken door een scherp getik ergens in de buurt van de binnenkamer.

'Waarom staat die man in 's hemelsnaam op zijn eigen deur te kloppen?' vroeg de klerk.

Weer werd er geklopt, luider ditmaal. Alledrie keken we verwachtingsvol naar de gesloten deur. Ik keek even naar Holmes en zag dat zijn gezicht gespannen stond en hij zich met intense opwinding vooroverboog. Toen hoorden we plotseling een laag, gorgelend geluid en een tikken op hout. Razendsnel sprong Holmes de kamer door en duwde tegen de deur. Die bleek aan de andere kant vergrendeld. Zijn voorbeeld volgend, wierpen Pycroft en ik ons er eveneens tegenaan. Een scharnier begaf het, toen een volgende, waarna de deur met een harde klap op de grond viel. We renden eroverheen en troffen de binnenkamer leeg aan.

Dat dachten we tenminste, heel even. Toen zagen we in een hoek, de hoek die het dichtst bij de kamer zat die we zojuist hadden verlaten, een tweede deur. Holmes sprong erop af en duwde hem open. Op de grond lagen een jas en een vest en aan een haak achter de deur hing de directeur van het bedrijf aan zijn eigen bretels. Zijn knieën waren opgetrokken en zijn hoofd hing in een afschuwelijke hoek omlaag. Het tikken van zijn hakken tegen de deur had het geluid veroorzaakt dat ons gesprek had onderbroken. Binnen een seconde had ik de man bij zijn middel vastgegrepen en hield hem een stukje omhoog, terwijl Holmes en Pycroft de elastieke banden losmaakten die al helemaal in zijn vel waren verdwenen. Toen droegen we hem naar de andere kamer, waar hij met een asgrauw gezicht door zijn purperen lippen heel moeizaam ademhaalde. Een wrak van een mens, een heel ander persoon dan we vijf minuten daarvoor hadden gezien.

'Wat vind jij van hem, Watson?' vroeg Holmes.

Ik boog me over de man heen om hem te onderzoeken. Zijn polsslag was zwak en onregelmatig, maar zijn ademhaling werd beter en zijn oogleden trilden een beetje, waardoor ik af en toe een dun wit streepje van zijn oogbal kon zien.

'Het is kantje boord geweest,' zei ik, 'maar nu haalt hij het wel. Doe dat raam eens open en geef me dan wat water.' Ik maakte zijn boord los, goot het koude water over zijn gezicht en bewoog zijn armen omhoog en omlaag tot hij weer normaal ademhaalde. 'Nu is het alleen nog maar een kwestie van tijd,' zei ik terwijl ik van hem wegliep. Holmes stond naast de tafel, met zijn handen diep in zijn broekzakken en zijn kin op zijn borst.

'Ik veronderstel dat we er nu de politie bij zouden moeten halen,' zei hij. 'Maar toch moet ik bekennen dat ik deze zaak liever eerst zou afronden.'

'Ik begrijp er helemaal niets van!' riep Pycroft, die zich op zijn hoofd stond te krabben. 'Waarom hebben ze me in 's hemelsnaam helemaal hierheen laten gaan om dan...'

'Dat is allemaal volstrekt duidelijk,' zei Holmes ongeduldig. 'Alleen deze laatste, onverwachte handeling is dat niet.'

'Begrijpt u de rest dan wel?'

'Dat is allemaal nogal voor de hand liggend, zou ik zo denken. Wat vind jij ervan, Watson?'

Ik haalde mijn schouders op. 'Ik moet bekennen dat ik er ook geen oplossing voor weet,' zei ik.

'Maar wanneer je de gebeurtenissen uit het begin in aanmerking neemt, kunnen die toch maar tot één conclusie leiden?'

'Hoe luidt die dan volgens jou?'

'Dat zal ik je zeggen. Deze hele affaire draait om twee punten. De eerste is het ondertekenen van Pycroft van een verklaring dat hij bereid was in dienst te treden van dit belachelijke bedrijf. Zie je dan niet in hoe veelzeggend dat was?'

'Ik ben bang van niet.'

'Waarom wilden ze dat hij dat deed? Niet uit zakelijke overwegingen, want dergelijke contracten worden gewoonlijk als mondelinge overeenkomst gesloten en er valt geen enkele zinnige, zakelijke reden te bedenken waarom er in dit geval een uitzondering zou moeten worden gemaakt. Ziet u dan niet in, mijn jonge vriend, dat ze per se de beschikking wilden hebben over een voorbeeld van uw handschrift en daar op een andere manier niet de hand op konden leggen?'

'Maar waarom dan?'

'Inderdaad. Waarom? Er is maar één adequate reden voor te bedenken. Iemand wilde uw handschrift leren nabootsen en moest daar dus eerst een voorbeeld van hebben. En wanneer we nu het tweede punt in ogenschouw nemen, zullen we zien dat beide licht kunnen werpen op elkaar. Dat punt is het verzoek van de heer Pinner om geen ontslagbrief naar Mawson te sturen, maar de directeur van die belangrijke firma in de waan te laten dat de heer Hall Pycroft, die hij nog nooit had gezien, die maandagmorgen bij hem aan het werk zou gaan.'

'Mijn God!' riep onze cliënt uit. 'Wat ben ik stekeblind geweest!'

'Nu zullen jullie dus wel inzien hoe belangrijk dat handschrift was. Stel, meneer Pycroft, dat iemand uw plaats heeft ingenomen. Stel dat die man dan opeens een heel ander handschrift bleek te hebben dan dat in de sollicitatiebrief. Natuurlijk zou het spelletje dan meteen uit zijn geweest. Maar de boef moest het uwe voor die bewuste maandag leren nabootsen en heeft dat gedaan, zodat hem verder niets meer kon gebeuren. Uitgaande natuurlijk van de veronderstelling dat niemand u daar bij Mawson ooit heeft gezien.'

'Niemand,' kreunde de heer Hall Pycroft.

'Precies. Natuurlijk was het van het allergrootste belang om te voorkomen dat u zich alsnog zou bedenken, en ook om te verhinderen dat u in contact zou kunnen komen met iemand die u kon vertellen dat uw plaatsvervanger bij Mawson aan de slag was gegaan. Daarom hebben ze u zo'n groot voorschot op uw salaris gegeven, en hebben u laten afreizen naar Birmingham, waar ze u zoveel te doen hebben gegeven dat u geen tijd had naar Londen terug te gaan, waar u een einde had kunnen maken aan hun spelletje. Dat alles is duidelijk genoeg.'

'Maar waarom deed deze man dan net alsof hij zijn eigen broer was?'

'Tja, ook dat is vrij voor de hand liggend. Het is duidelijk dat dit plan slechts door twee mensen ten uitvoer is gebracht. Deze heer hier en de ander, die nu in uw plaats bij Mawson werkt. Dit heerschap heeft zich voorgedaan als de man die u in dienst wilde nemen, maar kwam toen tot de ontdekking dat hij voor u geen werkgever kon laten aanrukken zonder er een derde persoon bij te betrekken. En daar voelde hij helemaal niets voor. Hij veranderde zijn uiterlijk voorzover hem dat mogelijk was en vertrouwde erop dat de gelijkenis, die u natuurlijk wel moest opvallen, als iets normaals zou worden beschouwd. En u zou waarschijnlijk nooit achterdocht hebben gekregen wanneer u niet toevallig die met goud gevulde tand had gezien.'

Hall Pycroft zwaaide zijn gebalde vuisten door de lucht. 'Mijn God!' riep hij uit. 'Ik ben in de boot genomen! Maar wat heeft die andere Hall Pycroft in de tussentijd bij Mawson uitgespookt? Wat moeten we nu doen? Meneer Holmes, u moet me vertellen wat ik moet doen!'

'We moeten een brief schrijven naar Mawson.'

'Die sluiten 's zaterdags om twaalf uur hun deuren.'

'Dat hindert niet. Er zal wel een portier zijn of een bewaker...'

'Ja, inderdaad. Ze hebben daar permanent een bewaker in dienst in verband met de waardepapieren die zij in bewaring houden. Ik kan me herinneren daar in de City eens iets over te hebben gehoord.'

'Uitstekend. Dan zullen we hem een brief schrijven om te achterhalen of alles in orde is en of er een klerk werkt die gebruikmaakt van uw naam. Het enige wat me nog altijd niet goed duidelijk is, is het feit waarom een van die boeven bij het zien van ons meteen de kamer uit is gelopen om zichzelf op te hangen!'

'De krant!' zei een krakende stem achter ons. De man zat overeind, bleek en ontdaan, maar met een blik in zijn ogen die het ons duidelijk maakte dat hij weer in het land der levenden verkeerde. Zijn handen streken zenuwachtig over de brede rode striem die nog altijd rond zijn hals zat.

'De krant! Natuurlijk!' riep Holmes verschrikkelijk opgewonden. 'Idioot dat ik ben geweest! Ik was zo vervuld van ons bezoek dat ik geen seconde aan die krant heb gedacht. Natuurlijk, daarin moet het geheim te vinden zijn.' Hij vouwde de krant op tafel open en even later slaakte hij een triomfantelijke kreet. 'Kijk eens, Watson!' riep hij. 'Het is een Londense krant. Een vroege editie van de *Evening Standard*. Hier staat wat we willen weten! Kijk maar eens naar de kop. "Misdaad in de City. Moord bij de firma Mawson & Williams. Reusachtige poging tot roof. Dader gevangengenomen". Watson, we willen het allemaal graag weten. Wil je dat artikel alsjeblieft voorlezen?'

Gezien de plaats die het artikel in de krant had gekregen, moet het een belangrijke gebeurtenis zijn geweest. Het verslag ervan luidde als volgt:

Deze ochtend is er in de City een wanhopige poging tot roof ondernomen, die heeft geresulteerd in de dood van een man en de gevangenneming van de dader. Mawson & Williams, het beroemde makelaarskantoor, beheert al enige tijd waardepapieren die alles bij elkaar een bedrag van aanzienlijk meer dan een miljoen pond sterling vertegenwoordigen. De directeur was zich zo terdege bewust van de verantwoording die hij daarmee op zijn schouders had genomen, dat de allermodernste brandkasten zijn aangekocht en het gebouw dag en nacht werd bewaakt door een gewapende man. Het schijnt dat de firma vorige week een nieuwe klerk, Hall Pycroft geheten, in dienst heeft genomen. De man in kwestie schijnt niemand anders te zijn dan Beddington, de beroemde vervalser en inbreker, die, evenals zijn broer,zojuist vijf jaar dwangarbeid achter de rug heeft. Op de een of andere – tot op heden nog onduidelijke – manier heeft hij zich onder een valse naam een plaats bij de firma weten te veroveren. Daar heeft hij toen gebruik van gemaakt voor het verkrijgen van afdrukken van diverse sloten, en een grondige kennis van de plaats waar zich de brandkasten en kluizen bevonden.

Bij Mawson is het gebruikelijk dat de klerken zaterdag om twaalf uur 's middags het pand verlaten. Brigadier Tuson, van de Londense politie, was daarom een beetje verbaasd toen hij om twintig minuten over een één man met een reiszak de trap af zag komen. Toen zijn achterdocht op die manier eenmaal was gewekt, is hij achter de man aan gegaan en is er met behulp van agent Pollock in geslaagd de man, die uiterst wanhopig verzet pleegde, te arresteren. Het was meteen duidelijk dat er een gewaagde en grote roofoverval had plaatsgevonden. In de zak trof men obligaties van de Amerikaanse spoorwegen aan met een gezamenlijke waarde van bijna 100.000 pond, evenals voorlopige bewijzen van aandelen in mijnen en andere maatschappijen, eveneens voor een zeer aanzienlijk bedrag. Toen het gebouw waarin Mawson & Williams gevestigd is, werd doorzocht, vond men het ontzielde lichaam van de ongelukkige bewaker, dubbelgevouwen in een van de grootste brandkasten, waar het anders ongetwijfeld pas maandagochtend zou zijn ontdekt wanneer brigadier Tuson niet zo snel tot handelen was overgegaan. De schedel van de man was van achteren ingeslagen met een poker. Het leed geen twijfel dat Beddington zich toegang tot het gebouw had verschaft door net te doen alsof hij iets was vergeten. Nadat hij de bewaker had vermoord, heeft hij snel de grote brandkast leeggehaald en is er toen met zijn buit van-

door gegaan. Zijn broer, die gewoonlijk met hem samenwerkt, is voorzover men thans heeft kunnen vaststellen niet bij deze klus betrokken, hoewel de politie wel naarstig op zoek is naar hem.

'Wat dat betreft kunnen we de politie wat werk besparen,' zei Holmes en hij wierp even een blik op de hevig ontdane man die ineengedoken bij het raam zat. 'De menselijke natuur is in wezen een vreemd mengelmoesje, Watson. Je ziet dat zelfs een schurk en een moordenaar bij iemand zo veel affectie kan oproepen dat zijn broer zelfmoord wil plegen wanneer die hoort dat hij het er niet levend van zal afbrengen. Maar we kunnen nu slechts één ding doen. Andere mogelijkheden zijn er niet. De dokter en ik zullen hier de wacht houden, meneer Pycroft, wanneer u zo vriendelijk zou willen zijn thans de politie te gaan halen.'

The Stockbroker's Clerk, maart 1893

Het marineverdrag

[30 juli-1 augustus 1889]

De maand juli die onmiddellijk op mijn huwelijk volgde, werd gedenkwaardig doordat ik driemaal het privilege mocht genieten samen met Sherlock Holmes een zaak ter hand te nemen en diens methode van werken te bestuderen. Ik tref die zaken onder mijn aantekeningen aan onder de volgende titels: *Het avontuur van de tweede vlek*, *Het avontuur van het marineverdrag* en *Het avontuur van de vermoeide kapitein*. Maar bij die eerste zaak waren zulke grote belangen betrokken, evenals zo vele hooggeplaatste families uit dit land, dat die nog vele jaren lang niet openbaar zal kunnen worden gemaakt. Er is echter geen zaak te vinden waarbij Holmes zijn analytisch denkvermogen zo duidelijk heeft gedemonstreerd of zo veel indruk heeft gemaakt op degenen die toen met hem te maken kregen. Ik heb nog een bijna *verbatim* verslag in mijn bezit van het gesprek waarin hij Monsieur Dubugue van de Parijse politie van de feiten op de hoogte stelde. Een gesprek waarbij ook de bekende specialist uit Dantzig, Fritz von Waldbaum, aanwezig was. Beide heren hadden hun energie volledig verspild door zich bezig te houden met kwesties die uiteindelijk slechts van zijdelings belang bleken te zijn. Maar voordat dat verhaal veilig kan worden verteld, moet er een nieuwe eeuw zijn aangebroken. Nu ga ik verder met de tweede zaak die op mijn lijstje staat, die eveneens ooit van nationaal belang beloofde te zijn en gekenmerkt werd door een aantal voorvallen die hem vrijwel uniek maakten.

In mijn schooltijd had ik een goede vriend, Percy Phelps geheten, die vrijwel even oud was als ikzelf, ondanks het feit dat hij twee klassen hoger zat. Hij was zeer slim, sleepte iedere prijs in de wacht die door de school werd uitgeloofd en bekroonde die prestaties door het verkrijgen van een beurs waardoor hij zijn triomfantelijke carrière in Cambridge kon voortzetten. Ik kan me herinneren dat hij zeer goede relaties had en zelfs toen we allemaal kleine jongetjes waren, wisten we dat de broer van zijn moeder Lord Holdhurst was, de voornaamste conservatieve politicus. Maar die illustere bloedverwant was hem in zijn schooljaren niet van nut. Integendeel. Wij grepen dat feit aan om hem op de speelplaats achterna te zitten en hem met een wicket tegen zijn schenen te slaan. Maar na zijn schooljaren keerde het tij. Via via vernam ik dat zijn bekwaamheden en relaties hem een goede positie op het ministerie van Buitenlandse Zaken hadden opgeleverd. Daarna hoorde ik niets meer van hem en dacht ook niet meer aan hem, tot de volgende brief me zijn bestaan weer in herinnering bracht:

Briarbrae, Woking

Mijn beste Watson,

Ik twijfel er niet aan dat je je 'Dikkop' Phelps nog wel zult herinneren, die in de vijfde klas zat toen jij in de derde zat. Het is zelfs mogelijk dat je hebt gehoord dat ik door de invloed die mijn oom kon uitoefenen, een goede positie heb gekregen op het ministerie van Buitenlandse Zaken, en dat ik algemeen vertrouwen genoot en werd geacht tot er zich opeens een afschuwelijk voorval voordeed dat een einde maakte aan mijn carrière.

Het is zinloos om je de details te geven van die afschuwelijke gebeurtenis. Wanneer je op mijn verzoek mocht ingaan, is het waarschijnlijk dat ik je die wel zal vertellen. Ik ben net hersteld van een aanval van hersenkoorts die negen weken heeft geduurd en ben nog altijd uitzonderlijk zwak. Denk je dat je je vriend de heer Holmes ertoe zou kunnen overhalen om me te komen opzoeken? Ik zou graag zijn mening over deze kwestie vernemen, hoewel de autoriteiten me hebben verzekerd dat er niets meer kan worden gedaan. Probeer hem er alsjeblieft toe over te halen samen met jou hierheen te komen en wel zo snel mogelijk. Zolang ik aan deze afschuwelijke spanning ben blootgesteld, lijkt iedere minuut wel een uur. Verzeker hem dat het feit dat ik hem niet eerder om raad heb gevraagd, niet voortspruit uit het feit dat ik geen waardering heb voor zijn talenten, maar omdat ik niet goed bij mijn verstand ben geweest sinds ik door het ongeluk werd getroffen. Nu ben ik weer bij mijn positieven, doch durf er niet al te veel aan te denken, omdat ik bang ben voor een terugval. Ik ben nog zo zwak dat ik, zoals je ziet, deze brief aan iemand anders heb moeten dicteren. Probeer hem alsjeblieft hierheen mee te nemen.

Je oude schoolvriend,
Percy Phelps

Terwijl ik die brief las, werd ik geroerd, door die herhaalde verzoeken Sherlock Holmes erbij te halen. Ik was zo ontroerd dat ik onder alle omstandigheden zou hebben gepoogd Sherlock Holmes te overreden met me mee te gaan, maar natuurlijk wist ik heel goed dat hij veel van zijn werk hield en hij dus net zo graag zijn diensten zou aanbieden als zijn cliënt hem als adviseur wilde hebben. Mijn vrouw was het met me eens dat ik de kwestie meteen aan hem moest voorleggen en dus zat ik nog geen uur na het ontbijt weer in de oude kamers aan Baker Street.

Holmes zat naast de lage tafel, gekleed in zijn kamerjas, en was druk bezig met een scheikundig onderzoek. Een grote, bolvormige distilleerkolf stond als een gek te koken boven het blauwachtige vlammetje van een bunsenbrander, en de gedistilleerde druppeltjes werden gecondenseerd in een tweeliterfles. Toen ik binnenkwam keek mijn vriend nauwelijks op. Ik maakt daaruit op dat zijn onderzoek niet van belang was ontbloot, ging in een leunstoel zitten en wachtte. Uit de verschillende flessen haalde hij af en toe een paar druppeltjes met een glazen pipet en had al doende uiteindelijk een reageerbuisje gevuld met een bepaalde oplossing, waarmee hij op de tafel afliep. In zijn rechterhand hield hij een stukje lakmoespapier.

'Je komt op een kritiek moment, Watson,' zei hij. 'Wanneer dit papiertje blauw blijft, is alles goed. Wanneer het rood wordt, betekent dat dat een man het leven zal verliezen.' Hij doopte het papiertje in de reageerbuis en het werd meteen dofrood. 'Hmmm! Dat dacht ik al wel!' riep hij uit. 'Ik sta zo meteen tot je beschikking, Watson. In die Perzische pantoffel zit tabak.' Hij liep naar zijn bureau en krabbelde haastig een aantal telegrammen neer, die hij vervolgens aan het livreiknechtje overhandigde. Toen liet hij zich in een stoel tegenover de mijne vallen en trok zijn knieën op tot hij zijn vingers om zijn lange, magere schenen kon slaan.

'Een doodnormale kleine moordzaak,' zei hij. 'Ik denk zo dat jij iets beters voor me hebt. Je bent het stormvogeltje van de misdaad, Watson. Wat heb je me te vertellen?'

Ik overhandigde hem de brief, die hij uiterst geconcentreerd las.

'Daar worden we niet veel wijzer van, nietwaar?' merkte hij op toen hij me die brief weer teruggaf.

'Inderdaad.'

'Maar toch is hij interessant, vooral wat het handschrift betreft.'

'Maar hij heeft hem niet zelf geschreven.'

'Juist daarom. Het is het handschrift van een vrouw.'

'Van een man toch zeker!' riep ik uit.

'Nee, van een vrouw, en wel van een bijzondere vrouw. Wanneer je aan een onderzoek begint, is het van belang om te weten dat je cliënt nauwe contacten onderhoudt met iemand die een uitzonderlijk karakter heeft, of dat nu goed of slecht is, weet je. Mijn belangstelling voor deze zaak is al gewekt. Wanneer jij daartoe in de gelegenheid bent, zullen we meteen naar Woking vertrekken en op bezoek gaan bij deze diplomaat die er zo slecht aan toe is en de vrouw aan wie hij zijn brieven dicteert.'

We hadden het geluk op Waterloo Station een vroege trein te halen en binnen een uur zaten we te midden van de naaldbossen en de heide van Woking. Briarbrae bleek een groot, vrijstaand huis te zijn met een groot terrein eromheen, en lag op slechts enkele minuten lopen van het station vandaan. We overhandigden onze visitekaartjes en werden binnengebracht in een fraai gemeubileerde salon, waar zich een paar minuten later een nogal gezette man bij ons aansloot die ons uiterst gastvrij ontving. Hij was wellicht eerder veertig dan dertig jaar oud, maar zijn wangen waren zo blozend en zijn ogen stonden zo vrolijk dat je de indruk had te maken te hebben met een dik, ondeugend schooljongetje.

'Ik ben zo blij dat jullie zijn gekomen,' zei hij en hij schudde ons uitbundig de hand. 'Percy heeft al de hele morgen naar jullie gevraagd. Die arme kerel klampt zich aan iedere strohalm vast. Zijn vader en moeder hebben me gevraagd u te ontvangen, omdat alleen al het noemen van die kwestie uiterst pijnlijk voor hen is.'

'We kennen nog geen enkel detail,' merkte Holmes op. 'Ik zie dat u zelf niet tot de familie behoort?'

Onze kennis keek verbaasd, maar begon even later te lachen toen hij even omlaag had gekeken.

'Aha! U heeft natuurlijk dat monogram J.H. op mijn medaillon zien staan,' zei hij. 'Even dacht ik dat u iets heel slims had geconcludeerd. Ik heet Joseph Harrison en omdat Percy van plan is te gaan trouwen met mijn zuster Annie, zullen we in ieder geval op die manier verwanten worden. U zult mijn zuster in zijn kamer vinden, want ze heeft hem nu al twee maanden lang volledig verpleegd. Misschien kunnen we nu maar beter meteen naar hem toe gaan, want ik weet hoe ongeduldig hij is.'

De kamer waarin Percy lag, bevond zich op dezelfde verdieping als de salon. Hij was gedeeltelijk als zitkamer en gedeeltelijk als slaapkamer ingericht en in ieder hoekje stonden prachtige boeketten. Op de sofa bij het open raam, waardoor je de geuren van de tuin kon opsnuiven en de helende zomerlucht kon inademen, lag een jonge man die er heel bleek en uitgeput uitzag. Naast hem zat een vrouw, die opstond toen wij binnenkwamen.

'Zal ik weggaan, Percy?' vroeg ze.

Hij hield haar hand vast om haar tegen te houden. 'Hoe is het met je, Watson?' vroeg hij hartelijk. 'Ik zou je met die snor nooit hebben herkend en ik denk zo dat je, mij ziende, er ook niet op had durven zweren dat ik het was. Ik neem aan dat dat je beroemde vriend de heer Sherlock Holmes is?'

Met een paar woorden stelde ik de twee mensen aan elkaar voor en toen gingen we zitten. De gezette jongeman was weer weggegaan, maar zijn zuster zat er nog steeds en hield de hand van de zieke vast. Ze was een vrouw die er opvallend uitzag, een beetje aan de kleine en dikke kant, maar met een prachtige olijfkleurige huid, grote, donkere Italiaanse ogen en een prachtige bos zwart haar. Vergeleken met haar zag het witte gezicht van haar metgezel er nog ellendiger uit.

'Ik wil uw tijd niet verspillen,' zei hij en hij kwam op de sofa een beetje overeind. 'Ik zal meteen terzake komen. Ik was een gelukkig en succesvol man, meneer Holmes, en stond op het punt in het huwelijk te treden. Maar toen heeft een plotselinge, afschuwelijke gebeurtenis een einde gemaakt aan al mijn goede vooruitzichten in dit leven.

Zoals Watson u wellicht al heeft verteld, werkte ik op het ministerie van Buitenlandse Zaken en met mijn oom Lord Holdhurst als kruiwagen, kreeg ik al snel een positie die veel verantwoordelijkheid op mijn schouders legde. Toen mijn oom minister van Buitenlandse Zaken werd, heeft hij me een aantal vertrouwelijke missies laten uitvoeren en die heb ik altijd met succes weten te bekronen, waardoor hij op een gegeven moment een grenzeloos vertrouwen kreeg in mijn kunde en tact.

Bijna tien weken geleden, op de drieëntwintigste mei om precies te zijn, riep hij me bij zich in zijn werkkamer. Hij maakte me een compliment over het uitstekende werk dat ik had verricht en vertelde me dat hij een nieuwe vertrouwelijke opdracht voor me had.

"Dit," zei hij, een grijze rol papier uit zijn bureau te voorschijn halend, "is het origineel van het geheime verdrag dat is gesloten tussen Engeland en Italië waarover tot mijn spijt al iets in de pers is uitgelekt. Het is van het allergrootste belang dat er verder niets van uitlekt. De Franse en Russische ambassades zouden bereid zijn een heleboel geld op tafel te leggen om te weten wat er in dat verdrag staat. Normaal gesproken zouden deze documenten mijn bureau niet uit komen, ware het niet dat het absoluut noodzakelijk is om er kopieën van te laten maken. Heb jij in je kantoor een bureau dat goed kan worden afgesloten?"

"Ja meneer."

"Neem dit verdrag dan mee en berg het daarin op. Ik zal aankondigen dat jij hier kunt blijven wanneer alle anderen zijn vertrokken, zodat je er op je gemak kopieën van kunt maken zonder bang te hoeven zijn dat iemand daar iets van ziet. Wanneer je daarmee klaar bent, moet je alles weer in je bureau opbergen en me morgenochtend de documenten weer overhandigen."

Ik heb die documenten toen meegenomen en...'

'Een momentje, alstublieft,' zei Holmes. 'Was er niemand getuige van dat gesprek?'

'Absoluut niemand.'

'Vond het plaats in een grote kamer?'

'Ja.'

'En u sprak beiden met zachte stem?'

'Mijn oom praat altijd opmerkelijk zachtjes. Ik heb eigenlijk nauwelijks iets gezegd.'

'Dank u,' zei Holmes en hij sloot zijn ogen. 'Gaat u alstublieft verder.'

'Ik heb precies gedaan wat hij van me verlangde en gewacht tot de andere klerken waren vertrokken. Een van mijn klerken, Charles Gorot, had nog wat achterstallig werk in te halen, dus heb ik hem in mijn kantoor achtergelaten en ben ergens een hapje gaan eten. Toen ik terugkeerde, was hij weg. Ik wilde mijn opdracht zo snel mogelijk afronden, want ik wist dat Joseph – de heer Harrison met wie u zojuist heeft kennis gemaakt – in de stad was en met de trein van elf uur naar Woking zou gaan. Indien mogelijk wilde ik diezelfde trein halen.

Toen ik dat verdrag bekeek, zag ik meteen dat het zo belangrijk was dat mijn oom beslist niet overdreven had. Zonder in details te treden, kan ik verklaren dat daarin de positie van Engeland werd bepaald ten aanzien van de Triple Entente en aanwijzingen bevatte ten aanzien van de politiek die ons land zou gaan voeren wanneer de Franse vloot in het Middellandse-Zeegebied weer de suprematie zou verkrijgen over die van Italië. De punten die aan de orde kwamen, waren zuiver vloottechnisch. Onderaan stonden de handtekeningen van hoge functionarissen. Die bekeek ik even vluchtig en begon toen met kopiëren.

Het was een lang document, geschreven in de Franse taal, en bevatte zesentwintig paragrafen. Ik kopieerde zo snel ik kon, maar om negen uur had ik pas negen paragrafen gereed en het leek onmogelijk dat ik de eerder genoemde trein zou kunnen halen. Ik voelde me slaperig en wezenloos, gedeeltelijk door het diner en gedeeltelijk door het harde werken van die dag. Een kop koffie zou me goed doen. De hele nacht lang blijft er een commissionair in de kleine loge aan de voet van de trap en die is gewoon op een spiritusbrandertje koffie te zetten voor ambtenaren die overuren moeten maken. Dus schelde ik om hem te roepen.

Tot mijn verbazing verscheen er toen een vrouw, een lange dame van middelbare leeftijd, die een nogal grof gezicht had, en een schortje droeg. Ze vertelde dat zij de echtgenote van de commissionair was en als werkster in dienst van het ministerie was. Ik bestelde bij haar een kopje koffie.

Ik schreef nog twee paragrafen over, voelde me slaperiger dan ooit, stond op en liep door de kamer heen en weer om mijn benen even te strekken. Mijn koffie was nog altijd niet gebracht en ik vroeg me af waarom dat zo lang duurde. Ik maakte de deur open en liep de gang op, om eens te kijken. Die gang loopt recht, wordt 's avonds slechts vaag verlicht en vormt de enige verbinding met mijn kamer. Aan het einde ervan bevindt zich een wenteltrap met aan de voet daarvan de loge van de commissionair. Halverwege die trap is een klein portaal waarop een andere gang uitkomt en wel onder een hoek van negentig graden. Die gang leidt via een tweede kleine trap naar een zijdeur die door het bedienend personeel wordt gebruikt en ook wel door klerken die vanuit Charles Street zo snel mogelijk willen binnenkomen.

'Het is van het grootste belang dat u zich goed rekenschap geeft van dit punt. Ik ben de trap af en de hal in gelopen en zag dat de commissionair in zijn loge diep in slaap was en dat de ketel hevig stond te koken.

Ik haalde de ketel van de brander af en zette dat ding uit, want het water gutste op de grond. Net toen ik mijn hand uitstak om de man wakker te schudden, begon er een bel boven zijn hoofd hard te rinkelen en schrok hij wakker.

“Meneer Phelps!” zei hij en hij keek me verbaasd aan.

“Ik ben naar beneden gekomen om te zien of mijn koffie al klaar was.”

“Ik had die ketel op het vuur gezet, maar ben toen in slaap gevallen, meneer.” Hij keek me aan en richtte zijn aandacht toen op de nog natrillende bel. Zijn gezicht kreeg een steeds verbaasdere uitdrukking.

“Wie heeft er zojuist gebeld gezien het feit dat u hier bent?” vroeg hij.

“De bel!” riep ik uit. “Welke bel is dat?”

“De bel van de kamer waarin u aan het werk was.”

Een koude hand leek zich om mijn hart te sluiten. Er moest zich iemand in mijn kamer bevinden, waar dat belangrijke verdrag op tafel lag. Als een gek rende ik de trap weer op en de gang door. Beide gangen waren verlaten, meneer Holmes. De kamer eveneens. Alles zag er nog net zo uit als toen ik naar beneden was gegaan, met dien verstande dat de documenten niet langer op de tafel lagen. De kopieën waren er nog wel, maar het origineel was verdwenen.’

Holmes zat handenwrijvend in zijn stoel. Ik kon zien dat deze kwestie hem bijzonder aantrok. ‘Wilt u me vertellen wat u toen heeft gedaan?’ vroeg hij zachtjes.

‘Ik zag meteen in dat de dief via de trap naar de zijdeur naar boven moest zijn gegaan. Wanneer hij op de andere manier was binnengekomen, zou ik hem hebben gezien.’

‘U bent er volkomen zeker van dat hij zich niet al die tijd in uw kamer heeft verborgen kunnen houden, of in de gang waarvan u zojuist heeft verklaard dat die slechts vaag was verlicht?’

‘Dat is volstrekt onmogelijk. Een rat zou zich nog niet in die kamer of gang verborgen hebben kunnen houden. Je kunt nergens wegduiken.’

‘Dank u. Gaat u alstublieft verder.’

'Toen de commissionair aan mijn bleke gezicht zag dat er iets ernstigs was gebeurd, is hij achter me aan naar boven gegaan. Daarna renden we beiden de tweede gang door en de steile trap af die op Charles Street uitkwam. De deur daar was gesloten, maar niet vergrendeld. We smeten hem open en renden naar buiten. Ik kan me nog heel goed herinneren dat we toen drie slagen hoorden van een kerkklok in de buurt. Het was dus kwart voor tien.'

'Dat is ongelooflijk belangrijk,' zei Holmes en hij maakte een aantekening op zijn manchet.

'Het was die avond heel erg donker en het regende een beetje. Er was niemand in Charles Street te zien, maar zoals gewoonlijk was het een drukte van belang op Whitehal. Blootshoofds renden we daar over het trottoir heen en troffen toen op de hoek een politieman aan.

"Er is sprake van inbraak," bracht ik hijgend uit. "Er is een ontzettend waardevol document uit het ministerie van Buitenlandse Zaken gestolen. Heeft u hier iemand langs zien komen?"

"Ik sta hier al een kwartier, meneer," zei hij, "en in die tijd is er hier maar één persoon voorbijgekomen. Een lange vrouw van middelbare leeftijd die een Paisleysjaal omhad."

"O, dat is mijn vrouw," riep de commissionair uit. "Is er verder niemand langsgekomen?"

"Niemand."

"Dan moet de dief een andere kant op zijn gegaan," riep de man uit en hij trok aan mijn mouw.

Maar ik was er niet gerust op en de pogingen die hij ondernam om me mee te trekken, wakkerden mijn achterdocht nog verder aan.

"Welke kant is die vrouw op gegaan?" vroeg ik luid.

"Dat weet ik niet, meneer. Ik heb haar langs zien komen, maar had geen speciale reden om haar in de gaten te houden. Ze leek wel haast te hebben."

"Hoe lang geleden is dat gebeurd?"

"O, een paar minuutjes maar."

"Nog geen vijf minuten geleden?"

"Ja, het kan niet veel langer dan vijf minuten geleden zijn geweest."

"U bent tijd aan het verspillen, meneer, en nu is iedere minuut van belang," riep de commissionair uit. "U kunt me op mijn woord geloven als ik zeg dat mijn vrouw er niets mee te maken heeft. Laten we nu maar snel naar de andere straathoek gaan. Nu ja, wanneer u dat niet wilt doen, doe ik het wel." Toen rende hij de andere kant op.

Maar even later had ik hem al ingehaald en greep zijn mouw vast.

"Waar woon je?" vroeg ik.

"Ivy Lane nummer 16 in Brixton," antwoordde hij. "Maar laat u nu niet afleiden door een vals spoor. Laten we nu snel naar die andere hoek gaan om te kijken of we daar iets wijzer kunnen worden."

Ik kon niets verliezen door zijn raad op te volgen. Samen met de agent liepen we snel de andere kant weer op, maar zagen daar niets anders dan veel verkeer en een hoop voetgangers, die op zo'n natte avond allemaal snel naar huis wilden. Niemand te vinden die zich daar enige tijd had opgehouden en ons iets wijzer zou kunnen maken.

Toen keerden we naar mijn kantoor terug en doorzochten vervolgens de trappen en de gangen, maar boekten daarbij geen enkel resultaat. De gang die naar mijn kamer loopt heeft heel licht gekleurd zeil op de vloer liggen waarop je een voetafdruk met het grootste gemak kunt waarnemen. We bekeken dat zeil heel zorgvuldig, maar konden niets ontdekken.'

'Had het de hele avond geregend?'

'Vanaf een uur of zeven.'

'Hoe is het dan mogelijk dat de vrouw die om negen uur bij u binnenkwam met haar bemodderde laarzen geen sporen heeft achtergelaten?'

'Ik ben blij dat u daarover begint. Ik moest er toen ook meteen aan denken. De werksters zijn gewoon hun laarzen uit te trekken en die in de loge van de commissionair te laten staan. Ze dragen tijdens het werk pantoffels.'

'Dat is me heel duidelijk. Dus u heeft geen sporen gevonden, ondanks het feit dat het die avond regende. Deze reeks gebeurtenissen is beslist zeer interessant. Wat heeft u daarna gedaan?'

'De kamer nauwkeurig onderzocht. Er kan zich daarin onmogelijk een geheime deur bevinden en de ramen zitten ruim negen meter boven de begane grond. Beide waren bovendien aan de binnenkant vergrendeld. Het vaste tapijt sluit het bestaan van een luik in de vloer uit. Ik durf mijn leven eronder te verwedden dat degene die mijn documenten heeft gestolen, alleen via de deur binnen kan zijn gekomen.'

'En de haard?'

'Die is er niet. We maken gebruik van potkacheltjes. Het schellekoord hangt even rechts van mijn bureau. Degene die heeft gebeld, moet naast dat bureau hebben gestaan om dat te kunnen doen. Maar waarom zou een inbreker willen bellen? Dat is een volstrekt onoplosbaar mysterie.'

'Dat incident is inderdaad ongebruikelijk. En, wat heeft u toen verder gedaan? Ik neem aan dat u in de kamer op zoek bent gegaan naar mogelijke sporen – een sigarenpeuk of een handschoen, een haarspeld of iets dergelijks?'

'We hebben niets kunnen vinden.'

'Nog iets bijzonders geroken?'

'Aan die mogelijkheid hebben we niet gedacht.'

'Ah, dat is jammer. De geur van tabak zou ons bij een dergelijk onderzoek bijzonder behulpzaam zijn geweest.'

'Ik rook zelf nooit, dus denk ik dat het me opgevallen zou zijn wanneer er een tabakslucht in mijn kamer had gehangen. We hebben werkelijk geen enkele aanwijzing kunnen vinden. Het enige tastbare feit was dat de vrouw van de commissionair – mevrouw Tangey geheten – het gebouw snel had verlaten. Daar kon hij geen verklaring voor geven anders dan dat die vrouw rond die tijd altijd naar huis ging. De agent en ik waren het erover eens dat het het beste was om de vrouw te pakken te krijgen voor ze zich van de documenten had kunnen ontdoen, aangenomen natuurlijk dat zij die in haar bezit had.

Tegen die tijd was Scotland Yard van het gebeurde op de hoogte gesteld en meneer Forbes kwam meteen en nam de zaak zeer energiek ter hand. We namen een rijtuig en een halfuur later bevonden we ons op het adres dat ons was opgegeven. Een jonge vrouw deed open en zij bleek de oudste dochter van mevrouw Tangey te zijn. Haar moeder was er nog niet en wij konden in de voorkamer op haar wachten.

Ongeveer tien minuten later werd er op de deur geklopt en toen hebben we een ernstige vergissing begaan waarvan ik mezelf de schuld geef. In plaats van die deur zelf open te maken, lieten we dat door de dochter doen. We hoorden haar zeggen: "Moeder, er zitten twee heren in de voorkamer op u te wachten." Even later hoorden we snelle voetstappen door de gang. Forbes smeet de deur open en beiden renden we de achterkamer of keuken in, maar de vrouw was daar eerder gearriveerd dan wij. Ze staarde ons uitdagend aan. Toen herkende ze me opeens en verscheen er een absoluut verbaasde blik op haar gezicht.

"Mijn hemel, bent u niet meneer Phelps van het ministerie?" zei ze.

"Kom, kom, wie dacht u dan wel dat we waren toen u er zo snel vandoor wilde gaan?" zei mijn metgezel.

"Een deurwaarder," zei ze. "We hebben de laatste tijd enige problemen gehad met leveranciers."

"Dat antwoord bevredigt me niet," zei Forbes. "We hebben reden om aan te nemen dat u een belangrijk document uit het ministerie van Buitenlandse Zaken heeft ontvreemd en dat u hierheen bent gerend om dat ergens te verstoppen. U moet met ons mee naar Scotland Yard, zodat men u kan fouilleren."

Ze protesteerde hevig, maar verzette zich tevergeefs. In een vierwielig rijtuig gingen we allemaal op weg naar Scotland Yard. Maar eerst hadden we de keuken nog nauwkeurig doorzocht, en dan vooral de oven, om te zien of ze zich soms van de papieren had kunnen ontdoen in de korte tijd dat ze alleen was geweest. Maar we konden asresten noch snippers vinden. Toen we Scotland Yard hadden bereikt, werd ze meteen overgedragen aan een vrouwelijke agent. Gespannen wachtte ik het resultaat van het fouilleren af. De papieren werden niet gevonden.

Toen drong het eigenlijk pas voor het eerst tot me door in welk een afschuwelijke situatie ik me bevond. Tot die tijd had ik handelend opgetreden en daardoor niet kunnen nadenken. Ik was zo vol vertrouwen geweest dat ik dat verdrag meteen weer zou terugkrijgen, dat ik niet had durven nadenken over de gevolgen wanneer ik daar niet in zou slagen. Maar nu kon er niets meer worden gedaan en kreeg ik de tijd om mijn positie te overdenken. Het was afschuwelijk. Watson zou u kunnen vertellen dat ik op school altijd een zenuwachtige, gevoelige jongen was. Dat is mijn aard. Ik dacht aan mijn oom en zijn collegae binnen het kabinet, aan de schande die ik over hem had gebracht, evenals over mezelf en anderen die met mij waren verbonden. Wat deed het ertoe dat ik het slachtoffer was geworden van een buitengewoon voorval? Wanneer er diplomatieke belangen op het spel staan, is men niet in incidenten geïnteresseerd. Ik was geruïneerd, hopeloos geruïneerd door een gezichtsverlies dat ongetwijfeld definitief was. Ik weet niet meer wat ik toen gedaan heb. Ik stel me zo voor dat ik geheel buiten zinnen was. Ik kan me vaag herinneren dat er een hele groep functionarissen om me heen stond en dat die mensen probeerden me gerust te stellen. Een van hen is toen met me meegereden naar Waterloo Station en is bij me gebleven tot ik in de trein naar Woking zat. Ik denk dat hij met me zou zijn meegereisd, wanneer dokter Ferrier, die vlak naast me woont, niet toevallig in dezelfde trein was gestapt. De dokter heeft zich toen heel vriendelijk over me ontfermd en dat was maar goed ook, want op het station kreeg ik een zenuwaanval en voor we thuiskwamen, was ik op de grens van een maniakale krankzinnigheid.

U kunt zich voorstellen hoe men hier heeft gereageerd toen iedereen door het aanbellen van de arts werd gewekt en ze me in deze toestand zagen staan. Annie en mijn moeder waren verschrikkelijk aangeslagen. Dokter Ferrier had op het station voldoende van de rechercheur vernomen om hun een idee te geven van wat er was gebeurd, en zijn verhaal maakte het geheel er niet beter op. Het was iedereen duidelijk dat ik lange tijd ziek zou zijn, dus werd Joseph uit deze gezellige kamer verbannen en werd die gepromoveerd tot ziekenkamer. Hier lig ik nu al meer dan negen weken, meneer Holmes, voor het merendeel van de tijd bewusteloos door de hevige aanval van hersenkoorts. Wanneer juffrouw Harrison er niet was geweest en de dokter me niet zo uitstekend terzijde had gestaan, zou ik nu niet met u kunnen spreken. Zij heeft me overdag verpleegd en 's nachts waakte een ingehuurde verpleegster over me, want tijdens die aanvallen van krankzinnigheid was ik tot alles in staat. Langzaamaan ben ik toen bij mijn positieven gekomen, maar pas een dag of drie kan ik me alles weer herinneren. Soms wilde ik wel eens dat ik mijn geheugen niet had teruggekregen. Ik heb toen meteen een brief geschreven naar de heer Forbes, die de leiding van het onderzoek naar deze zaak in handen heeft. Hij is hierheen gekomen en heeft me verzekerd dat al het mogelijke is gedaan, maar men geen aanwijzing heeft kunnen vinden. De commissionair en diens echtgenote zijn grondig ondervraagd, maar ook daardoor is er geen licht geworpen op de kwestie. Toen rustte de verdenking van de politie even op de jonge Gorot, die zoals u zich kunt herinneren overuren heeft gemaakt op die avond. Het feit dat hij was achtergebleven én het feit dat hij een Franse naam had, waren in wezen de enige twee dingen die tegen hem pleitten. Maar ik was pas met kopiëren begonnen toen hij was vertrokken en zijn familie behoort weliswaar tot de hugenoten, maar is verder qua sympathie en traditie even Engels als u en ik. Men kon niets vinden om verdenkingen jegens hem te rechtvaardigen en daarna is hij weer met rust gelaten. En nu heb ik me tot u gewend, meneer Holmes, als laatste hoop. Wanneer u me niet kunt helpen, zal ik mijn eer en positie voor altijd hebben verloren.'

De zieke liet zich weer achterover zakken in de kussens, doodop door dat lange verhaal. Zijn verpleegster maakte een opwekkend drankje voor hem klaar. Holmes zat er zwijgend bij, met zijn hoofd achter in zijn nek en zijn ogen gesloten – een houding die iemand die hem niet kende, als lusteloos kon voorkomen. Ik wist echter dat die betekende dat hij zeer diep nadacht.

'Uw verklaring is zo duidelijk geweest,' zei hij uiteindelijk, 'dat ik u nog maar weinig te vragen heb. Eén ding is echter van het allergrootste belang. Heeft u iemand verteld dat u die belangrijke opdracht had gekregen?'

'Niemand.'

'Ook niet aan juffrouw Harrison, bijvoorbeeld?'

'Nee. Tussen de tijd dat ik die opdracht kreeg en hem ten uitvoer bracht, ben ik niet in Woking geweest.'

'En er is niet toevallig een familielid even bij u langsgekomen?'

'Nee.'

'Kennen zij de weg op het ministerie?'

'O ja, ze hebben er allemaal een rondleiding gehad.'

'Maar deze vragen doen eigenlijk niet terzake wanneer u met niemand over dat verdrag heeft gesproken.'

'Ik heb er niets over gezegd.'

'Weet u iets af van die commissionair?'

'Alleen dat hij vroeger soldaat is geweest.'

'In welk regiment?'

'Tja, dat heb ik wel eens gehoord. De Coldstream Guards.'

'Dank u. Ik twijfel er niet aan dat Forbes me wel op de hoogte zal brengen van andere details. De politie is goed in het verzamelen van feiten, hoewel ze daar niet altijd een optimaal gebruik van weet te maken. Wat is een roos toch een mooie bloem!'

Hij liep langs de sofa naar het openstaande raam en hield een neerhangende mosroos omhoog om te kijken naar de fraaie schakering van rood en groen ervan. Dat was een karaktertrekje van hem dat ik nog niet eerder had waargenomen.

'Ik kan niets bedenken waarvoor de kunst van het deduceren zo noodzakelijk is als godsdiensten,' zei hij terwijl hij met zijn rug tegen de luiken stond geleund. 'Die kunnen door iemand die goed kan redeneren, als een exacte wetenschap worden opgebouwd. Bloemen schijnen me toe als de beste verzekering van het feit dat de Voorzienigheid goed is. Alle andere dingen, zoals onze macht, onze verlangens en ons eten, zijn in wezen eerste levensbehoeften. Maar deze roos is een extraatje. Geur en kleur ervan verfraaien het leven en zijn geen levensvoorwaarde. Alleen goedheid is in staat extraatjes te geven en dus stel ik opnieuw dat we uit de bloemen veel hoop kunnen putten.'

Tijdens die verhandeling keken Percy Phelps en zijn verpleegster Holmes verbaasd en nogal teleurgesteld aan. Hij was met die mosroos tussen zijn vingers aan het mijmeren geslagen. Het duurde enige minuten voor de jonge vrouw zijn gepeins onderbrak.

'Meneer Holmes, denkt u dit mysterie tot een oplossing te kunnen brengen?' vroeg ze een heel klein beetje scherp.

'O, het mysterie,' antwoordde hij en hij keerde met een schok terug naar de realiteit van het leven. 'Tja, het zou absurd zijn om te ontkennen dat deze zaak zeer duister en gecompliceerd is, maar ik kan u beloven dat ik me erin zal verdiepen en u op de hoogte zal stellen van dingen die me treffen.'

'Heeft u al een aanwijzing ontdekt?'

'U heeft me er zeven gegeven, maar natuurlijk moet ik die eerst nader beschouwen voor ik kan verklaren hoe waardevol ze zijn.'

'Verdenkt u iemand?'

'Ik verdenk mezelf.'

'Wat zegt u?'

'Van het feit dat ik te snel conclusies heb getrokken.'

'Dan moet u naar Londen gaan en kijken of die conclusies kloppen.'

'Een uitstekend advies, juffrouw Harrison,' zei Holmes en hij kwam overeind. 'Watson, ik denk dat we dat inderdaad het beste kunnen doen. Meneer Phelps, ik moet u aanraden geen valse hoop te gaan koesteren, want dit is een heel ingewikkelde affaire.'

'Ik zal vol spanning het moment afwachten dat ik u weer zie,' riep de diplomaat uit.

'Ik zal hier morgen weer met dezelfde trein arriveren, maar het is meer dan waarschijnlijk dat ik dan niets te melden zal hebben.'

'God zegene u voor die belofte weer naar me toe te komen,' riep onze cliënt uit. 'Nu ik weet dat er iets wordt gedaan, raak ik weer een beetje van hoop vervuld. Ik moet u, tussen twee haakjes, nog vertellen dat ik een brief heb gekregen van Lord Holdhurst.'

'Aha! En wat stond daarin?'

'Hij schrijft koel, maar niet wreed. Ik denk dat mijn ernstige ziekte hem van dat laatste heeft weerhouden. Hij herhaalde dat dit een kwestie van het allergrootste belang was en voegde eraan toe dat er ten aanzien van mijn toekomst geen stappen zouden worden ondernomen – waarmee hij natuurlijk doelt op mijn ontslag – tot ik weer gezond was en de gelegenheid had gehad om het kwaad ongedaan te maken.'

'Dat was dan redelijk en meelevend,' zei Holmes. 'Kom mee, Watson, want we hebben in de stad nog heel wat te doen.'

De heer Joseph Harrison bracht ons naar het station en algauw reden we in volle vaart terug naar Londen met de Portsmouthtrein. Holmes zat diep in gedachten verzonken en deed zijn mond eigenlijk pas open toen we Clapham Junction waren gepasseerd.

'Zalig om met een van deze treinen die over een hoog spoor gaan naar Londen te reizen,' zei hij. 'Op die manier kun je van bovenaf alle huizen goed bekijken.'

Ik dacht dat hij een grapje maakte, want het uitzicht was niet bepaald aanlokkelijk, maar hij had er al spoedig een nadere verklaring voor.

'Kijk eens naar die grote, losstaande huizenblokken die boven de leistenen daken uitsteken als bakstenen eilanden in een loodkleurige zee.'

'De kostscholen.'

'Vuurtorens, beste man. Bakens van de toekomst. Capsules met honderden slimme zaadjes in ieder ervan, waaruit het verstandigere, betere Engeland van de toekomst zal voortkomen. Ik veronderstel dat die Phelps niet drinkt?'

'Ik denk van niet.'

'Ik ook niet, maar we moeten iedere mogelijkheid in aanmerking nemen. Die arme drommel zit tot over z'n oren in de moeilijkheden en het is nog maar de vraag of we hem daaruit zullen kunnen halen. Wat vind jij van die mejuffrouw Harrison?'

'Een meisje met een sterk karakter.'

'Ja, maar van het goede soort, tenzij ik ernaast zit. Zij en haar broer zijn de enige kinderen van een ijzerfabrikant ergens uit het noorden van Northumberland. Hij heeft zich met haar verloofd toen hij de vorige winter op reis was en toen is ze met hem meegegaan om aan zijn familie te worden voorgesteld. Haar broer is als begeleider meegegaan. Toen kwam de klap en is zij gebleven om haar beminde te verplegen, terwijl de broer Joseph, die het daar best naar zijn zin had, eveneens is gebleven. Je ziet dat ik zelf ook al enige zijdelingse inlichtingen heb ingewonnen. Maar vandaag moeten we daar verder mee doorgaan.'

'Mijn praktijk...' begon ik.

'O, wanneer je je eigen gevallen interessanter vindt dan het mijne...' zei Holmes een beetje aangeslagen.

'Ik wilde zeggen dat mijn praktijk het best een paar dagen zonder me kon redden, omdat dit het slapste jaargetijde is.'

'Uitstekend,' zei hij en hij had meteen zijn goede humeur weer hervonden. 'Dan zullen we deze kwestie samen bekijken. Ik denk dat we moeten beginnen met een bezoek aan Forbes. Hij kan ons waarschijnlijk alle details verschaffen die we nodig hebben, tot we weten van welke kant we deze zaak moeten benaderen.'

'Je zei dat je een aanwijzing had?'

'Tja, we hebben er een aantal, maar kunnen de waarde ervan slechts bepalen door het inwinnen van nadere inlichtingen. Een misdaad laat zich het moeilijkste duiden wanneer die zinloos is. Maar deze was niet zinloos. Wie kan ervan profiteren? De Franse ambassadeur, de Russische ambtgenoot van hem, degene die het aan een van beiden wil verkopen, en dan natuurlijk nog Lord Holdhurst.'

'Lord Holdhurst!?'

'Tja, het is niet ondenkbaar dat een staatsman zich in een zodanige positie bevindt dat het hem niet zou spijten wanneer een dergelijk document toevallig werd vernietigd.'

'Maar toch zeker geen staatsman die zo'n grote reputatie geniet als Lord Holdhurst?'

'Het is een mogelijkheid en we kunnen het ons niet veroorloven die niet in aanmerking te nemen. We zullen die adellijke heer vandaag nog spreken om erachter te komen wat hij ons allemaal kan vertellen. In de tussentijd ben ik al begonnen met het inwinnen van inlichtingen.'

'Nu al?'

'Ja, vanuit het station van Woking heb ik telegrammen gestuurd naar alle Londense kranten. Deze advertentie zal in ieder daarvan verschijnen.'

Hij overhandigde me een velletje papier dat uit een aantekenboekje was gescheurd. Daarop stond het volgende met potlood gekrabbeld:

Een beloning van 10 pond. Voor het nummer van het rijtuig dat om kwart voor tien 's avonds op de 23ste maart een vrachtje heeft afgezet voor de deur of in de omgeving van het ministerie van Buitenlandse Zaken. U kunt zich wenden tot Baker Street nummer 221 B.

'Ben je ervan overtuigd dat de dief met een rijtuig is gearriveerd?'

'Zo niet, is er geen kwaad geschied. Maar wanneer de heer Phelps terecht heeft verklaard dat niemand zich in zijn kantoor of op de gangen kan verbergen, moet de persoon in kwestie van buitenaf zijn gekomen. En wanneer hij op een regenachtige avond van buiten is gekomen, en toch geen vochtige sporen heeft achtergelaten op het zeil dat een paar minuten nadat hij eroverheen was gelopen nauwkeurig is bekeken, is het zeer waarschijnlijk dat hij per rijtuig is gearriveerd. Ja, ik denk dat we er zonder meer van uit mogen gaan dat er een rijtuig bij betrokken was.'

'Dat klinkt aannemelijk.'

'Dat is een van die aanwijzingen waarover ik het had. Zij kan ons iets verder brengen. En dan zijn we verder natuurlijk op de hoogte van de bel – het meest opvallende aspect van deze zaak. Waarom is die bel gegaan? Heeft de dief dat gedaan uit overmoed? Of was er iemand bij de dief die heeft geprobeerd de misdaad te verhinderen? Of gebeurde het bij toeval? Of was het...' Hij begon weer diep en intensief na te denken, maar ik was gewend aan al zijn stemmingen en meende eruit te kunnen opmaken dat hij plotseling een nieuwe mogelijkheid had gezien.

Om twintig minuten over drie bereikten we het eindstation en na snel aan het buffet een lunch te hebben gebruikt, gingen we meteen door naar Scotland Yard. Holmes had Forbes al een telegram gestuurd en hij stond ons al op te wachten – een kleine, vosachtige man met een scherp, maar geenszins vriendelijk gezicht. Hij gedroeg zich jegens ons absoluut ijskoud, vooral toen hij hoorde waarom we naar hem toe waren gekomen.

'Ik heb al eerder het een en ander gehoord over uw methode van werken, meneer Holmes,' zei hij zuur. 'U bent zonder meer bereid om gebruik te maken van alle inlichtingen die de politie u kan verschaffen, om dan te proberen een zaak zelfstandig tot een oplossing te brengen en de politie daardoor in diskrediet te brengen.'

'Integendeel,' zei Holmes. 'Van de laatste drieënvijftig zaken die ik heb behandeld, is mijn naam er maar in vijf genoemd en de politie heeft de eer kunnen opstrijken voor de negenenveertig andere. Ik kan het u niet kwalijk nemen dat u dat niet weet, want u bent jong en onervaren, maar wanneer u carrière wilt maken en zaken met succes wilt bekronen, zou het verstandig zijn met me samen te werken in plaats van mij tegen te werken.'

'Ik zou heel blij zijn met een paar aanwijzingen,' zei de rechercheur, van houding veranderend. 'Tot dusverre heb ik nog niet veel eer kunnen behalen aan deze zaak.'

'Welke stappen hebt u ondernomen?'

'Tangey, de commissionair, is geschaduwd. Gebleken is dat hij met een goed getuigschrift de Guards heeft verlaten en eigenlijk kunnen we niets tegen hem inbrengen. Maar zijn vrouw is slecht. Ik denk zo dat ze hier meer van afweet dan ze doet voorkomen.'

'Heeft u haar ook laten schaduwen?'

'We hebben een van onze vrouwen achter haar aan zitten. Mevrouw Tangey drinkt en die vrouw van ons is er tweemaal bij geweest toen ze behoorlijk wat op had, maar kon toch niets uit haar loskrijgen.'

'Ik heb begrepen dat ze deurwaarders aan de deur hebben gehad?'

'Ja, maar de schulden werden afbetaald.'

'Waar hebben ze het geld daarvoor vandaan gehaald?'

'Hij heeft een pensioenuitkering gekregen. En verder blijkt uit niets dat ze opeens over een hoop geld beschikken.'

'Welke verklaring heeft ze gegeven voor het feit dat zij naar boven is gegaan toen de heer Phelps belde voor een kop koffie?'

'Ze zei dat haar man erg moe was en dat ze hem wat werk uit handen wilde nemen.'

'Dat stemt inderdaad overeen met het feit dat hij even later slapend in zijn stoel werd aangetroffen. Dus valt er niets tegen hen in te brengen, met uitzondering van het karakter van die vrouw. Heeft u haar gevraagd waarom ze die avond zo snel is weggegaan? De haast die ze had, heeft de aandacht van de politieman getrokken.'

'Ze was later dan normaal en wilde naar huis.'

'Heeft u haar erop gewezen dat u en de heer Phelps daar eerder waren dan zij, ondanks het feit dat u beiden twintig minuten later was vertrokken?'

'Ze verklaart dat door het verschil tussen een bus en een rijtuig.'

'Heeft ze u duidelijk kunnen maken waarom ze na binnenkomst meteen is doorgerend naar de keuken?'

'Omdat ze daar het geld had liggen dat voor de deurwaarders was bestemd.'

'In ieder geval had ze dus een antwoord op alle vragen. Heeft u haar gevraagd of ze bij haar vertrek iemand heeft ontmoet of iemand in Charles Street heeft zien rondhangen?'

'Ze heeft alleen maar de politieman gezien.'

'U hebt haar kennelijk nogal grondig aan de tand gevoeld. Wat heeft u verder gedaan?'

'Negen weken lang is die klerk Gorot geschaduwd, maar zonder resultaat. We kunnen niets tegen hem inbrengen.'

'Verder nog iets?'

'Nee. We hebben geen enkel bewijsmateriaal aan de hand waarvan we verder kunnen gaan.'

'Heeft u al een theorie gevormd over dat overgaan van de bel?'

'Ik moet bekennen dat ik daar geen enkele verklaring voor kan geven. Degene die de diefstal heeft gepleegd, moet heel koelbloedig zijn geweest om vlak voor het weggaan op die manier alarm te slaan.'

'Ja, het is merkwaardig. Hartelijk dank voor alles wat u me heeft verteld. Wanneer ik u de man in handen kan spelen, zal ik u dat laten weten. Kom mee, Watson.'

'Waar gaan we nu heen?' vroeg ik toen we het bureau uit waren gelopen.

'We gaan nu een gesprekje voeren met Lord Holdhurst, thans minister, maar aanstaand premier van Engeland.'

Lord Holdhurst bleek gelukkig nog op kantoor te zijn in Downing Street en toen Holmes hem zijn visitekaartje had laten overhandigen, werden we meteen naar hem toe gebracht. De staatsman ontving ons met de ouderwetse hoffelijkheid waarom hij bekendstond en liet ons plaatsnemen op twee fraaie stoelen aan weerszijden van de haard. Hij bleef tussen ons in op het haardkleed staan. Met zijn lange, slanke gestalte, scherpe gelaatstrekken, bedachtzame gezicht en krullend haar dat te vroeg al grijs begon te worden, zag hij eruit als een edelman die werkelijk edel is – een type dat je niet al te vaak tegenkomt.

'Uw naam is me goed bekend, meneer Holmes,' zei hij glimlachend. 'En natuurlijk kan ik niet pretenderen niet te weten waarom u hierheen bent gekomen. Er heeft zich op mijn ministerie maar één ding voorgedaan dat uw aandacht rechtvaardigt. Namens wie treedt u op, als ik vragen mag?'

'Namens de heer Percy Phelps,antwoorde Holmes.

'Ah, mijn ongelukkige neef. U zult begrijpen dat onze verwantschap het des te onmogelijker maakt hem in bescherming te nemen. Ik ben bang dat dit voorval een heel nadelig effect op zijn carrière zal hebben.'

'Maar wanneer dat document wordt teruggevonden?'

'Dan ontstaat er natuurlijk een heel andere situatie.'

'Lord Holdhurst, ik zou u graag een paar vragen willen stellen.'

'Ik zal u gaarne die informatie verstrekken waarover ik beschik.'

'Heeft u in deze kamer opdracht gegeven tot het kopiëren van het document?'

'Inderdaad.'

'Dus is het vrijwel onmogelijk dat iemand luistervinkje heeft gespeeld?'

'Absoluut onmogelijk.'

'Heeft u ooit tegen iemand gezegd dat u van plan was dat verdrag door iemand te laten kopiëren?'

'Nooit.'

'Bent u daar zeker van?'

'Volkomen.'

'Tja, gezien het feit dat u er nooit over heeft gesproken en de heer Phelps al evenmin, en niemand verder iets van deze kwestie afwist, moet de aanwezigheid van de dief in die kamer zuiver toevallig zijn geweest. Hij zag zijn kans schoon en heeft die met beide handen aangegrepen.'

De staatsman glimlachte. 'Het trekken van dergelijke conclusies valt buiten mijn competentie.'

Holmes dacht even na. 'Er is nog een ander heel belangrijk punt dat ik met u wil bespreken,' zei hij. 'Ik heb begrepen dat u bang was dat het uitlekken van de details van dat verdrag heel ernstige gevolgen zou hebben.'

Het expressieve gezicht van de staatsman werd even somber. 'Inderdaad, heel ernstige gevolgen.'

'En hebben die zich voorgedaan?'

'Nog niet.'

'Wanneer dat verdrag het Franse of Russische ministerie van Buitenlandse Zaken had bereikt, zou u daar dan iets van hebben vernomen?'

'Zonder twijfel,' zei Lord Holdhurst en hij trok een grimas.

'Gezien het feit dat er nu al bijna tien weken zijn verlopen en u er nog steeds niets over heeft gehoord, is het dus niet onredelijk om te veronderstellen dat het verdrag die instanties niet heeft bereikt.'

Lord Holdhurst haalde zijn schouders op.

'We kunnen toch nauwelijks veronderstellen, meneer Holmes, dat de dief het verdrag heeft meegenomen om dat in te lijsten en op te hangen.'

'Misschien wacht hij op een beter aanbod.'

'Wanneer hij nog wat langer wacht, zal hij er helemaal geen geld meer voor kunnen krijgen. Over een paar maanden zal het verdrag geen geheim meer zijn.'

'Dat is heel belangrijk,' zei Holmes. 'Natuurlijk is het mogelijk dat de dief plotseling ziek is geworden...'

'Door een aanval van hersenkoorts bijvoorbeeld?' vroeg de staatsman en hij keek hem even snel aan.

'Dat heb ik niet gezegd,' zei Holmes onverstoorbaar. 'Lord Holdhurst, we hebben nu al te lang beslag gelegd op uw kostbare tijd en wensen u verder een goede dag.'

'Ik wens u alle succes toe bij uw onderzoek, wie de schurk dan ook zal mogen blijken te zijn,' antwoordde de staatsman en hij bracht ons met een buiging naar de deur.

‘Een prima kerel,’ zei Holmes toen we weer buiten op Whitehall stonden. ‘Maar hij moet vechten om zijn positie te behouden. Hij is verre van rijk en er wordt vaak een beroep op hem gedaan. Het is je natuurlijk opgevallen dat hij nieuwe zolen onder zijn laarzen heeft laten zetten. En nu, Watson, zal ik je niet langer van je legitieme werk afhouden. Ik zal vandaag verder niets meer ondernemen, tenzij ik een reactie krijg op die advertentie van me over dat rijtuig. Maar ik zou het heel erg prettig vinden wanneer je bereid bent morgen met me naar Woking te gaan en wel met dezelfde trein als we gisteren hebben genomen.’

De volgende ochtend troffen we elkaar volgens afspraak weer en gingen samen naar Woking. Hij zei dat hij geen reactie op die advertentie had ontvangen en er geen nieuw licht op de zaak was geworpen. Wanneer hij dat wenste, kon zijn gezicht even onbewogen staan als dat van een indiaan en dus kon ik aan de hand daarvan niet opmaken of hij al dan niet tevreden was met het verloop van deze kwestie. Ik kan me herinneren dat hij sprak over het meetsysteem van Bertillon en enthousiast verklaarde hoezeer hij die man bewonderde.

Onze cliënt werd nog steeds verzorgd door zijn toegewijde verpleegster, maar zag er wel een stuk beter uit. Toen we binnenkwamen, kwam hij moeiteloos van de sofa overeind om ons te begroeten.

‘Nieuws?’ vroeg hij meteen.

‘Zoals ik al had verwacht, heb ik nog niets te melden,’ zei Holmes. ‘Ik heb met Forbes gesproken, en met uw oom, en ik heb een aantal onderzoeken geëntameerd die wellicht iets zullen opleveren.’

‘Dus u heeft de moed nog niet verloren?’

‘Geenszins.’

‘God zegene u voor die woorden!’ riep juffrouw Harrison uit.

'Wanneer we de moed niet verliezen en geduldig blijven, moet de waarheid boven tafel komen.'

'Wij hebben u meer te vertellen dan u ons,' zei Phelps die weer op de sofa ging zitten.

'Zoiets hoopte ik al.'

'Ja, we hebben vannacht een avontuur beleefd en dat zou nog wel eens een serieuze zaak kunnen blijken te zijn.' Terwijl hij dat zei, kreeg zijn gezicht een zeer ernstige uitdrukking en zag ik een blik in zijn ogen verschijnen die veel weghad van angst. 'Weet u dat ik begin te geloven dat ik zonder het te weten het middelpunt ben van een monsterlijke samenzwering waarbij men het niet alleen op mijn eer, maar ook op mijn leven heeft gemunt?'

'Ah!' riep Holmes uit.

'Het lijkt ongelooflijk, want voorzover ik weet heb ik op deze wereld geen enkele vijand. Maar toch kan ik door hetgeen ik vannacht heb meegemaakt, eigenlijk alleen maar de conclusie trekken dat ik die wel moet hebben.'

'Vertelt u me alstublieft wat er is geschied.'

'U moet weten dat ik vannacht voor het eerst alleen heb geslapen, zonder dat er een verpleegster bij me was. Ik voelde me zoveel beter dat ik dat niet langer noodzakelijk achtte. Maar ik liet wel een nachtlampje branden. Rond twee uur sliep ik licht en werd plotseling wakker van een zacht geluid. Het geluid dat een muis maakt wanneer dat diertje aan een plank zit te knagen. Ik lag er enige tijd naar te luisteren en verkeerde in de veronderstelling dat het een muis moest zijn. Maar toen werd dat geluid luider en hoorde ik bij het raam een scherpe, metaalachtige klik. Verbaasd ging ik rechtop zitten. Ik kon die geluiden nu zonder enige twijfel duiden. Het eerste was veroorzaakt doordat iemand een instrument tussen de vensterbank en het schuifraam aan het wrikken was, het tweede door de grendel die werd weggeschoven.

Toen bleef het ongeveer tien minuten stil, alsof degene die

wilde inbreken, afwachtte of ik er soms wakker van was geworden. Toen hoorde ik een zacht gekraak en werd het raam langzaam geopend. Ik kon er niet langer tegen, want mijn zenuwgestel is niet meer wat het is geweest. Ik sprong mijn bed uit en maakte de luiken open. Er zat een man gehurkt op de vensterbank. Ik kon hem maar even zien, want hij ging er als een haas vandoor. Hij had een soort mantel om die ook het onderste deel van zijn gezicht bedekte. Van één ding ben ik zeker en dat is dat hij een wapen in zijn hand had. Het zag eruit als een lang mes. Ik heb het duidelijk zien glinsteren toen hij zich omdraaide om weg te rennen.'

'Dat is heel interessant,' zei Holmes. 'En wat hebt u toen gedaan?'

'Wanneer ik sterker was geweest, was ik door het geopende raam achter hem aan gegaan. Maar nu schelde ik en maakte iedereen wakker. Het duurde enige tijd voor daarop werd gereageerd, want de bel komt uit op de keuken en de bedienden slapen allemaal boven. Maar ik begon te schreeuwen en toen kwam Joseph naar beneden en die heeft toen alle anderen wakker gemaakt. Joseph en de stalknecht hebben sporen gevonden in het bloembed voor het raam, maar het is de laatste tijd aldoor zo droog geweest dat ze het spoor over het gras niet konden volgen. Maar op een plaats op de houten omheining langs de weg zagen ze, zo hebben ze me verteld, sporen die erop wezen dat de man daaroverheen was geklommen, waarbij de bovenste lat is losgeraakt. Ik heb dat nog niet aan de politie verteld, omdat ik meende dat ik beter eerst uw mening hierover kon vragen.'

Dat verhaal van onze cliënt bleek een merkwaardig effect te hebben op Holmes. Hij stond op uit zijn stoel en liep onbeheersbaar opgewonden door de kamer heen en weer.

'Een ongeluk komt zelden alleen,' zei Phelps glimlachend, hoewel het duidelijk was dat dit avontuur hem wel had geschokt.

'Wat u betreft gaat dat zeker op,' zei Holmes. 'Denkt u dat u met mij een wandelingetje om het huis kunt maken?'

'O ja, ik heb best zin in een beetje zonneschijn. Dan kan Joseph met ons meegaan.'

'En ik ook,' zei juffrouw Harrison.

'Ik ben bang van niet,' zei Holmes hoofdschuddend. 'Ik denk dat ik u moet verzoeken precies op de plaats te blijven zitten waar u nu zit.'

De jonge vrouw ging ontevreden weer zitten. Maar haar broer sloot zich bij ons aan en gevieren gingen we naar buiten. We liepen over het gazon naar de plaats voor het raam van de jonge diplomaat. Zoals hij al had gezegd, zagen we inderdaad voetafdrukken op het bloembed, maar die waren hopeloos vaag en vlak. Holmes boog zich er even overheen en kwam toen schouderophalend weer overeind.

'Ik denk niet dat iemand hier veel wijzer van kan worden,' zei hij. 'Laten we maar eens om het huis heen lopen om te zien waarom de inbreker nu juist deze kamer heeft uitgekozen. Ik zou hebben gedacht dat de grotere ramen van de salon en de eetkamer aantrekkelijker voor hem zouden zijn.'

'Die zijn vanaf de weg duidelijker te zien,' zei de heer Joseph Harrison.

'O ja, natuurlijk. Hier zie ik een deur waarmee hij ook aan de slag had kunnen gaan. Waarvoor wordt die gebruikt?'

'Het is een zij-ingang voor leveranciers. Natuurlijk wordt hij 's avonds gesloten en vergrendeld.'

'Heeft iemand wel eens eerder gepoogd hier in te breken?'

'Nooit,' zei onze cliënt.

'Heeft u zilver in huis of andere dingen die voor een inbreker aantrekkelijk zijn?'

'Niets waardevols.'

Holmes liep op zijn gemak om het huis heen met zijn handen in zijn zakken en een nonchalant air dat ongebruikelijk was voor hem.

'Tussen twee haakjes,' zei hij tegen Joseph Harrison, 'ik heb begrepen dat u de plek heeft gevonden waar de man over de omheining is geklommen. Laten we daar maar eens naar gaan kijken.'

De dikke jongeman nam ons mee naar een plaats waar de bovenste plank van de omheining loszat. Een kleine houtsplinter hing omlaag. Holmes trok die eraf en bekeek hem aandachtig.

'Denkt u dat dit vannacht is gebeurd? Het ding ziet er nogal oud uit.'

'Misschien wel.'

'Aan geen van beide kanten zie ik sporen die erop wijzen dat een man hier is gaan springen. Nee, ik denk dat we hier ook niet wijzer zullen worden. Laten we maar teruggaan naar de slaapkamer om deze kwestie verder te bespreken.'

Percy Phelps liep heel erg langzaam en leunde op de arm van zijn aanstaande zwager. Holmes liep snel het gazon over en lang voordat de anderen waren gearriveerd, stonden wij al voor het geopende raam van de slaapkamer.

'Juffrouw Harrison,' zei Holmes op uiterst indringende toon, 'u moet de hele dag daar blijven. Laat niets u ervan weerhouden daar te blijven. Dat is werkelijk van het allergrootste belang.'

'Natuurlijk, meneer Holmes, wanneer u dat wenst,' zei het meisje verbaasd.

'Wanneer u naar bed gaat, moet u deze kamer aan de buitenkant afsluiten en de sleutel bij u houden. Wilt u me dat beloven?'

'En Percy dan?'

'Die gaat met ons mee naar Londen.'

'En moet ik dan hier blijven?'

'Om zijnentwil. U kunt hem zo helpen. Snel nu! Wilt u me dat beloven?'

Net voordat de andere twee zich bij ons voegden, knikte ze instemmend.

'Waarom zit je daar te broeden, Annie?' riep haar broer uit.

'Kom toch ook even lekker naar buiten.'

'Nee Joseph, daar heb ik geen zin in. Ik heb een beetje hoofdpijn en deze kamer is heerlijk koel en rustgevend.'

'Wat wilt u nu gaan doen, meneer Holmes?' vroeg onze cliënt.

'Tja, bij het onderzoeken van dit kleine voorval moeten we het voornaamste onderzoek niet vergeten. U zou me werkelijk van dienst zijn wanneer u bereid bent met ons mee te gaan naar Londen.'

'Nu meteen?'

'Zodra u weg kunt. Laten we zeggen over een uur.'

'Wanneer ik u daarmee werkelijk van dienst ben, ga ik met u mee. Ik ben daar nu wel sterk genoeg voor.'

'Ja, u zou me geweldig van dienst zijn.'

'Misschien wilt u dat ik daar vannacht blijf?'

'Dat wilde ik u net voorstellen.'

'Dus zal mijn nachtelijke vriend de vogel gevlogen vinden wanneer hij me nogmaals een bezoek komt brengen. Meneer Holmes, we vertrouwen volkomen op u en u moet ons precies zeggen wat we moeten doen. Misschien wilt u dat Joseph meegaat om me te verzorgen?'

'O nee. Mijn vriend Watson is arts, weet u, en die kan u in de gaten houden. Met uw toestemming zullen we hier de lunch gebruiken en dan vertrekken we alledrie naar de stad.'

Alles geschiedde zoals hij had voorgesteld, en juffrouw Harrison liet zich excuseren, hiermee gehoor gevend aan Holmes' verzoek. Ik had er geen idee van wat mijn vriend met die manoeuvres voorhad, tenzij hij de jonge vrouw uit Phelps' buurt wilde houden. Phelps zelf was duidelijk blij dat hij weer gezond was en er tot handelen zou worden overgegaan, en gebruikte samen met ons de lunch in de eetkamer. Maar Holmes had een nog grotere verrassing voor ons in petto, want nadat hij met ons naar het station was gegaan en ons had laten instappen in de trein, kondigde hij kalm aan dat hij niet van plan was uit Woking weg te gaan.

'Ik wil nog een paar puntjes ophelderen voor ik hier wegga,' zei hij. 'En het feit dat u er niet bent, meneer Phelps, kan me daarbij behulpzaam zijn. Watson, je zou me een groot genoegen doen wanneer je na aankomst in Londen meteen doorgaat naar Baker Street en dan bij onze vriend blijft tot ik weer terug ben. Gelukkig kennen jullie elkaar nog van de schoolbanken, dus zullen jullie wel heel wat te bespreken hebben. Meneer Phelps kan vannacht de logeerkamer gebruiken en ik zal me vlak voor het ontbijt weer bij jullie voegen, want er gaat een trein die om acht uur op Waterloo Station aankomt.'

'En ons onderzoek in Londen dan?' vroeg Phelps droevig.

'Daar kunnen we morgen mee verdergaan. Ik denk dat ik op dit moment hier nuttiger werk kan doen.'

'Zegt u op Briarbrae maar dat ik morgenavond weer terug ben!' riep Phelps toen de trein zich in beweging zette.

'Ik denk niet dat ik naar Briarbrae terugga,' antwoordde Holmes en hij zwaaide ons opgewekt na toen de trein snel het station uitreed.

Tijdens de reis bespraken Phelps en ik het gedrag van Holmes, maar geen van beiden konden we een bevredigende verklaring bedenken voor deze nieuwe ontwikkeling.

'Ik veronderstel dat hij wat aanwijzingen wil vinden over die poging tot inbraak. Maar ik ben er eigenlijk van overtuigd dat het hier geen gewone dief betrof.'

'Wat denk je dan wel?'

'Wat ik nu ga zeggen mag je afschrijven op mijn zwakke zenuwgestel, maar ik geloof dat er zich om me heen een ingewikkelde politieke intrige afspeelt en dat om een voor mij onbegrijpelijke reden de samenzweerders het op mijn leven hebben gemunt. Het klinkt overdreven en absurd, maar neem de feiten nu eens in aanmerking. Waarom wil een dief inbreken in een slaapkamer waar niets te halen valt en waarom zou hij dat doen met een lang mes in de hand?'

'Ben je er zeker van dat het geen breekijzer was?'

'O nee, het was beslist een mes. Ik heb het heel duidelijk zien glinsteren.'

'Maar waarom zou iemand het in vredesnaam zo op je gemunt kunnen hebben?'

'Dat is een vraag die ik niet kan beantwoorden.'

'Tja, wanneer Holmes daar net zo over denkt, zou dat een verklaring zijn voor zijn manier van handelen. Stel dat jouw theorie klopt en hij die man te pakken kan krijgen, dan zal hij een heel eind gevorderd zijn wat betreft het vinden van degene die het marineverdrag heeft gestolen. Het is absurd om te veronderstellen dat je twee vijanden hebt, een die je berooft en een ander die je naar het leven staat.'

'Maar Holmes zei dat hij niet naar Briarbrae ging.'

'Ik ken hem al geruime tijd,' zei ik, 'maar heb hem nog nooit iets zien doen zonder dat hij daar een goede reden voor had.' En toen werden er andere gespreksonderwerpen aangesneden.

Maar het was een vermoeiende dag voor me. Phelps was na zijn lange ziekte nog steeds zwak en het ongeluk dat hij had ondervonden, maakte hem twistziek en zenuwachtig. Tevergeefs probeerde ik hem te interesseren voor Afghanistan, Brits-Indië, maatschappelijke kwesties, alles waardoor hij even niet zou denken aan zichzelf. Telkens weer kwam hij terug op het verdrag dat was gestolen. Hij vroeg zich af wat Holmes aan het doen was, welke stappen Lord Holdhurst zou nemen, wat we de volgende ochtend te horen zouden krijgen. Naarmate de avond verstreek, werd hij steeds opgewondener.

'Je hebt een absoluut vertrouwen in Holmes?' vroeg hij.

'Ik heb hem een aantal opmerkelijke dingen zien doen.'

'Maar hij heeft nooit licht kunnen brengen in een duisternis die zo zwart is als deze?'

'O ja, ik heb hem problemen zien oplossen waarvoor hij minder aanwijzingen had dan in jouw geval.'

'Maar geen zaken waarbij zulke grote belangen op het spel stonden?'

'Dat weet ik niet. Ik weet wel dat hij driemaal een regerend Europees vorstenhuis heeft geholpen bij zaken die van het grootste gewicht waren.'

'Maar jij kent hem goed, Watson. Hij is zo ondoorgrondelijk dat ik niet goed wijs uit hem kan worden. Denk jij dat hij hoopvol is gestemd? Denk je dat hij verwacht deze zaak met succes te kunnen bekronen?'

'Daar heeft hij niets over gezegd.'

'Dat is een slecht teken.'

'Integendeel. Het is me al meermalen opgevallen dat hij, wanneer hij het spoor bijster is, dat ook zegt. Maar wanneer hij een spoor heeft gevonden doch er niet absoluut zeker van is dat het het juiste is, is hij bijzonder zwijgzaam. En nu, mijn beste kerel, moet ik je zeggen dat niemand er wijzer van wordt wanneer we ons hierover zenuwachtig gaan zitten maken, dus verzoek ik je dringend naar bed te gaan om morgen fris te zijn en te horen wat Holmes ons te vertellen heeft.'

Uiteindelijk slaagde ik erin mijn metgezel te overreden mijn raad op te volgen, hoewel ik uit zijn opgewonden manier van doen kon opmaken dat er wat hem betrof niet veel van slapen zou terechtkomen. Zijn bui werkte aanstekelijk, want ik lag de halve nacht zelf ook te woelen in mijn bed. Ik dacht broedend na over deze vreemde kwestie en verzon honderden theorieën die telkens onmogelijker werden dan de eraan voorafgaande. Waarom was Holmes in Woking gebleven? Waarom had hij juffrouw Harrison verzocht de hele dag in de ziekenkamer te blijven? Waarom had hij ervoor gezorgd dat de mensen die op Briarbrae woonden niet wisten dat hij in de buurt zou blijven? Ik dacht ingespannen na tot ik in slaap viel tijdens het zoeken naar een verklaring die alle feiten zou dekken.

Om zeven uur werd ik wakker en ging meteen naar Phelps' kamer. De man zag er doodmoe uit na een slapeloze nacht. Hij vroeg direct of Holmes er al was.

'Die komt op het door hem beloofde tijdstip,' zei ik, 'en geen minuut eerder of later.'

Dat bleek te kloppen, want even na achten kwam er een rijtuig voor de deur tot stilstand en stapte onze vriend uit. We stonden bij het raam en zagen dat zijn linkerhand in een verband zat en dat zijn gezicht heel erg bleek was en grimmig stond. Hij ging het huis in, maar het duurde enige tijd voor hij naar boven kwam.

'Hij ziet er verslagen uit!' zei Phelps luid.

Ik was gedwongen te bekennen dat hij gelijk had. 'We zullen de aanwijzingen naar alle waarschijnlijkheid dan toch hier in de stad moeten gaan zoeken.'

Phelps kreunde.

'Ik had me zoveel voorgesteld van zijn terugkeer,' zei hij. 'Maar zijn hand was gisteren niet verbonden. Wat kan er zijn gebeurd?'

'Holmes, ben je gewond?' vroeg ik toen mijn vriend de kamer in kwam.

'Niet meer dan een schrammetje, veroorzaakt door mijn eigen onhandigheid,' zei hij. 'Meneer Phelps, die zaak van u is zonder enige twijfel een van de meest duistere die ik ooit ter hand heb genomen.'

'Ik was al bang dat u er geen raad mee zou weten.'

'Het is een heel opmerkelijke ervaring geweest.'

'Dat verband duidt op een avontuur,' zei ik. 'Wil je ons niet vertellen wat er is gebeurd?'

'Na het ontbijt, mijn beste Watson. Vergeet niet dat ik vanmorgen vijfenveertig kilometer lang de frisse lucht van Surrey heb ingeademd. Ik veronderstel dat niemand heeft gereageerd op die advertentie van me ten aanzien van het rijtuig? Nu ja, we kunnen niet verwachten iedere keer een voltreffer te plaatsen.'

De tafel was al gedekt en net toen ik op het punt stond mevrouw Hudson te bellen, kwam die al binnen met thee en koffie. Een paar minuten later gingen we aan tafel. Holmes uitgehongerd, ik nieuwsgierig en Phelps uiterst somber en neerslachtig.

'Mevrouw Hudson heeft zich werkelijk uitgesloofd,' zei Holmes terwijl hij het deksel van een schaal lichtte waarin kip met kerrie zat. 'Haar kookkunst is een beetje beperkt, maar als Schotse vrouw weet ze wel hoe een ontbijt eruit moet zien. Wat heb jij daar, Watson?'

'Eieren met spek.'

'Uitstekend. En wat wilt u gebruiken, meneer Phelps? Gevogelte met kerrie of eieren? Of schept u liever zelf iets op?'

'Dank u. Ik zou geen hap door mijn keel kunnen krijgen,' zei Phelps.

'Kom nou! Probeert u dat gerecht maar eens dat daar voor uw neus staat!'

'Nee, dank u. Liever niet.'

'Tja,' zei Holmes toen met een ondeugende twinkeling in zijn ogen. 'Ik neem aan dat u er geen bezwaar tegen heeft daarvan iets voor mij op te scheppen?'

Phelps lichtte het deksel van de schaal, slaakte een kreet en staarde ons met een lijkbleek gezicht aan. Midden op die schaal lag een klein rolletje blauwgrijs papier. Hij pakte dat op, verslond het met zijn ogen en begon toen als een gek door de kamer rond te dansen, schreeuwend van vreugde en met het document stevig tegen zijn borst gedrukt. Toen liet hij zich in een leunstoel vallen, zo uitgeput door alle emoties dat we hem cognac naar binnen moesten gieten om te voorkomen dat hij zou flauwvallen.

'Rustig nu maar,' zei Holmes en hij klopte hem op zijn schouder. 'Ik had deze grap niet met u moeten uithalen, maar Watson zal u kunnen vertellen dat ik een tikkeltje drama nooit kan weerstaan.'

Phelps greep zijn hand vast en kuste die. 'God zegene u!' riep hij uit. 'U hebt mijn eer gered!'

'Mijn eigen eer stond eveneens op het spel, weet u,' zei Holmes. 'Ik kan u verzekeren dat ik het even erg vind een zaak niet tot een oplossing te brengen als u het vindt een opdracht niet naar wens uit te voeren.'

Phelps stopte het kostbare document diep in zijn binnenzak.

'Ik durf uw ontbijt niet langer te onderbreken, maar toch zou ik dolgraag willen weten hoe u het te pakken heeft gekregen en waar het was.'

Sherlock Holmes dronk zijn koffie op en begon toen aan de eieren met spek. Daarna stond hij op, stak een pijp op en ging in zijn stoel zitten.

'Ik zal u vertellen wat ik eerst heb gedaan en wat daaruit is voortgevloeid,' zei hij. 'Na jullie bij het station te hebben uitgezwaaid, ben ik een zeer aangename wandeling gaan maken door het fraaie Surrey en wel naar een leuk klein dorpje dat Ripley heet. Daar heb ik theegedronken, mijn flacon gevuld en een paar sandwiches bij me gestoken. Ik ben daar tot het vallen van de avond gebleven. Toen ben ik teruggegaan naar Woking en bevond me kort na zonsondergang op de hoofdweg die langs Briarbrae loopt. Ik wachtte tot die weg verlaten was – ik denk dat het daar rond die tijd nooit bijzonder druk is – en klom toen over het hek het privé-terrein op.'

'Maar het hek was toch zeker open?' riep Phelps uit.

'Ja, maar bij dergelijke zaken ga ik naar mijn eigenaardige voorkeuren te werk. Ik ging achter het groepje naaldbomen staan en wist dat niemand me daar vanuit het huis zou kunnen zien. Toen kroop ik verder, achter de struiken door – getuige de deplorabele staat waarin de knieën van mijn pantalon zich bevinden –, tot ik was gearriveerd bij de rododendrons recht tegenover het raam van uw slaapkamer. Daar ging ik op mijn hurken zitten en wachtte af wat er komen ging.

De luiken van uw kamer waren niet dicht en ik kon juffrouw Harrison aan tafel zien zitten lezen. Om kwart over tien deed ze haar boek dicht, sloot de luiken en ging naar haar eigen kamer.

Ik hoorde haar de deur dichtdoen en was ervan overtuigd dat ze de sleutel in het slot had omgedraaid.'

'De sleutel!' riep Phelps uit.

'Ja, ik had juffrouw Harrison opdracht gegeven die deur van de buitenkant op slot te doen en de sleutel naar haar slaapkamer mee te nemen. Ze heeft al mijn instructies uiterst nauwkeurig opgevolgd en u zou dat document nu niet in uw zak hebben zitten wanneer zij niet tot medewerking bereid was geweest. Ze ging dus weg en de lichten gingen uit en ik zat daar nog altijd achter de rododendrons.

Het was een mooie avond, maar het wachten was vermoeiend. Natuurlijk had het iets opwindends, een gevoel dat een jager moet hebben wanneer hij op de loer ligt en wacht op groot wild. Het duurde erg lang. Bijna net zo lang, Watson, als jij en ik in die onheil brengende kamer hebben moeten wachten toen we ons bezighielden met die kleine kwestie van de gespikkelde band. In Woking staat een kerkklok die ieder kwartier slaat en meer dan eens dacht ik dat dat ding er de brui aan had gegeven. Maar uiteindelijk hoorde ik rond twee uur 's morgens plotseling het zachte geluid van een grendel die wordt weggeschoven en het klikken van een sleutel. Even later werd de deur voor de leveranciers geopend en stapte de heer Joseph Harrison naar buiten het maanlicht in.'

'Joseph!' riep Phelps uit.

'Hij was blootshoofds, maar had een zwarte mantel over zijn schouders geslagen, zodat hij zijn gezicht meteen kon verbergen wanneer er gevaar dreigde. Op zijn tenen liep hij in het duister langs de muur en toen hij bij het raam stond, wrikte hij dat met een lang mes open. Daarna zette hij datzelfde mes in de kleine opening tussen de luiken en maakte die eveneens open.

Vanaf de plaats waar ik zat, kon ik de kamer uitstekend zien en al zijn bewegingen nauwlettend volgen. Hij stak de twee kaarsen aan die op de schoorsteenmantel stonden en begon toen in de buurt van de deur het tapijt terug te slaan. Daarna boog hij zich voorover en haalde een klein vierkant stukje tussen de houten planken uit, zo'n roostertje dat gewoonlijk wordt aangebracht om loodgieters in staat te stellen bij de koppelstukken van gasbuizen te komen. Uit die schuilplaats haalde hij dat kleine rolletje papier tevoorschijn en liep vervolgens regelrecht mijn armen in, omdat ik hem voor het raam stond op te wachten.

Ik moet zeggen dat die man venijniger was dan ik had gedacht. Met getrokken mes vloog hij op me af. Ik pakte hem vast, maar hij rukte zich los. Voor ik hem toen weer te pakken had, had hij met zijn mes de knokkels van mijn hand verwond maar ten slotte wist ik hem te overmeesteren. Als blikken konden doden, al is het maar de blik in dat ene oog dat ik niet had dichtgetimmerd, was ik hier niet geweest – maar hij bleek voor rede vatbaar te zijn en overhandigde me het document. Toen heb ik hem laten gaan. Maar vanmorgen heb ik Forbes per telegram van alle bijzonderheden op de hoogte gesteld. Wanneer hij snel genoeg tot handelen overgaat om de vogel te pakken, is dat prima. Maar wanneer hij, zoals ik in feite verwacht, bij aankomst zal merken dat de vogel is gevlogen, is dat voor de regering eigenlijk beter. Ik denk zo dat Lord Holdhurst en de heer Phelps veel liever zouden zien dat deze kwestie nooit voor de politierechter kwam.'

'Mijn God!' bracht onze cliënt er met moeite uit. 'Wilt u zeggen dat het gestolen document tien weken lang in mijn kamer verborgen was?'

'Inderdaad.'

'En Joseph! Joseph, een schurk en een dief!'

'Hmmm. Ik ben bang dat Joseph gevaarlijker is dan je zo op het eerste gezicht zou denken. Uit wat hij me vanmorgen heeft verteld, meen ik te kunnen opmaken dat hij veel geld heeft verloren door het knoeien met aandelen en dat hij tot alles in staat is om zijn lot een gunstiger wending te geven. Omdat hij een volstrekt zelfzuchtig heerschap is, heeft hij zich noch door de gedachte aan zijn zusters geluk, noch door die aan uw reputatie ervan laten weerhouden om de hem geboden kans met beide handen aan te grijpen.'

Percy Phelps liet zich weer achterover zakken in zijn stoel. 'Mijn hoofd tolt,' zei hij. 'Uw woorden hebben me verdoofd.'

'De grootste moeilijkheid in uw geval,' merkte Holmes op zijn bekende didactische toon op, 'was het feit dat er te veel bewijsmateriaal voorhanden was. Datgene wat van vitaal belang was, werd verborgen gehouden door een veelheid van onbelangrijke details. Uit alle feiten die ons werden voorgelegd, moesten we die zien te halen die ons als essentieel voorkwamen om er daarna verbanden tussen te leggen en zo de hele opmerkelijke reeks gebeurtenissen te reconstrueren. Ik was al verdenkingen gaan koesteren jegens Joseph vanwege het feit dat u die avond van plan was geweest samen met hem terug te reizen naar Woking en ik het heel waarschijnlijk achtte dat hij u zou komen afhalen, vooral omdat hij de weg kende op het ministerie van Buitenlandse Zaken, zoals u heeft verklaard. Toen ik hoorde dat iemand zich met alle geweld toegang had willen verschaffen tot de slaapkamer, waarin alleen Joseph iets had kunnen verbergen, werd mijn verdenking zekerheid. U zult zich nog wel herinneren dat u me heeft verteld dat Joseph naar een andere kamer had moeten verhuizen toen u en de arts bij Briarbrae arriveerden. Ik was des te zekerder van mijn zaak omdat die eerste poging tot inbraak werd ondernomen op de eerste avond dat er geen verpleegster meer bij u was, hetgeen me duidelijk maakte dat de indringer goed op de hoogte was van alles wat zich in huis afspeelde.'

'Wat ben ik blind geweest!'

'Voorzover ik kan nagaan, hebben we in dit geval te maken met de volgende feiten: Joseph Harrison is het ministerie binnengegaan via de zijdeur aan Charles Street. Hij kende de weg en is dus regelrecht doorgelopen naar uw kamer, waar hij vlak nadat u die had verlaten, arriveerde. Toen hij er niemand aantrof, trok hij meteen aan de bel en zag op datzelfde moment het document op tafel liggen. Een enkele blik daarop was genoeg om te beseffen dat dit een staatsdocument van onschatbare waarde was. Hij stopte het meteen in zijn zak en ging er als een haas vandoor. Zoals u zich nog wel kunt herinneren, duurde het een paar minuten voor de slaperige commissionair uw aandacht op die bel vestigde en daardoor had de dief net voldoende tijd om zich uit de voeten te maken.

Met de eerste de beste trein is hij toen naar Woking gegaan. Na zijn buit nauwkeurig te hebben bekeken en zich ervan te hebben vergewist dat die inderdaad verschrikkelijk veel geld waard was, heeft hij het document opgeborgen op een volgens hem uiterst veilig plekje, met het plan het een paar dagen later weer te voorschijn te halen en ermee naar de Franse ambassade te gaan, of naar een andere instantie waarvan hij dacht dat die bereid zou zijn er een hoop geld voor op tafel te leggen. Toen keerde u plotseling terug. Hij moest meteen de kamer uit en vanaf dat moment waren er voortdurend op zijn minst twee mensen in die kamer aanwezig, zodat hij het document onmogelijk kon pakken. Hij moet er dol van zijn geworden. Maar uiteindelijk meende hij zijn kans schoon te zien. Hij probeerde het document te stelen, maar dat werd hem onmogelijk gemaakt doordat u wakker werd. U zult zich misschien nog wel herinneren dat u die avond, tegen de ontstane gewoonte in, geen drankje had ingenomen.'

'Inderdaad.'

'Ik denk dat hij maatregelen had genomen om dat drankje zo doeltreffend te maken dat u erdoor zou zijn uitgeteld. Natuurlijk besefte ik meteen dat hij een nieuwe poging zou wagen wanneer hij dacht dat dat veilig kon geschieden. Hij kreeg die kans toen u niet langer in die kamer zat. Ik heb juffrouw Harrison toen verzocht die kamer overdag geen seconde te verlaten, zodat hij ons niet voor zou kunnen zijn. Toen ik hem op die manier de indruk had gegeven dat de kust veilig was, ben ik op wacht gaan staan, zoals ik al heb beschreven. Ik wist al dat het document waarschijnlijk ergens in die kamer verborgen werd gehouden, maar voelde er niets vóór om de hele vloer open te breken om ernaar op zoek te gaan. Dus heb ik hem dat document zelf te voorschijn laten halen en mezelf zodoende een heleboel moeite bespaard. Is er nog een punt dat ik moet ophelderen?'

'Waarom heeft hij het die eerste keer via het raam geprobeerd, terwijl hij net zo goed door de deur had kunnen binnenkomen?' vroeg ik.

'Om bij die deur te komen moest hij zeven slaapkamers passeren. Maar hij kon gemakkelijk onopgemerkt naar buiten gaan. Verder nog iets?'

'U denkt toch niet dat hij van plan was een moord te plegen?' vroeg Phelps. 'Dat mes was ongetwijfeld alleen bedoeld als werktuig om het raam open te wrikken.'

'Misschien wel,' zei Holmes schouderophalend. 'Ik kan alleen maar zeggen dat de heer Joseph Harrison een heerschap is op wiens genade ik absoluut niet zou willen vertrouwen!'

The Naval Treaty, oktober 1893

Het avontuur van de kartonnen doos

[31 augustus-2 september 1889]

Bij het uitkiezen van een paar typische zaken die de opmerkelijke geestelijke kwaliteiten van mijn vriend Sherlock Holmes illustreren, heb ik, voorzover mogelijk, geprobeerd die ter hand te nemen welke het minst sensationeel zijn, maar zijn talenten wel het beste tot hun recht doen komen. Het is helaas echter onmogelijk om het sensationele volledig van het criminele gescheiden te houden en daardoor ziet de kroniekschrijver zich voor het dilemma geplaatst ofwel details die voor zijn verhaal essentieel zijn weg te laten, en daardoor een verkeerde indruk van de kwestie te geven, ofwel gebruik te maken van gegevens die hem door toeval en niet door eigen keuze ter ore zijn gekomen. Na deze korte inleiding zal ik nu mijn aantekeningen pakken van een reeks gebeurtenissen die vreemd maar eveneens merkwaardig afschrikwekkend bleken te zijn.

Het was een snikhete dag in augustus. Baker Street was net een oven en de felle schittering van de zon op het gele steen van het huis aan de overkant deed je ogen zeer. Het was maar moeilijk te geloven dat het dezelfde muren waren die in de winterse mistvlagen zo somber en dreigend leken. Onze gordijnen waren halfgesloten en Holmes lag opgerold op de sofa een brief te lezen en te herlezen die hij die ochtend had ontvangen. Wat mijzelf betreft: mijn diensttijd in Brits-Indië was er de oorzaak van geweest dat ik hitte beter had leren verdragen dan koude en dus had ik geen last van een temperatuur van 30 graden. Maar de ochtendkrant had niets interessants te melden. Het parlement was op reces gegaan. Iedereen was de stad uit en ik verlangde hevig naar de schaduwrijke plekjes van New Forest of het kiezelstrand van Southsea. Omdat ik geen geld meer op de bank had staan, was ik gedwongen mijn vakantie uit te stellen en mijn metgezel voelde zich in het geheel niet aangetrokken tot het platteland of de zee. Hij vond het heerlijk om zich te midden van vijf miljoen mensen te bevinden en daar met iedere vezel van lichaam en geest op te reageren, aandacht schenkend aan ieder klein gerucht of het vermoeden van een onopgeloste misdaad. Voor het waarderen van de natuur was onder de vele gaven die hij bezat geen plaatsje ingeruimd en de enige keren dat hij verkoos van omgeving te veranderen was om in plaats van een misdadiger in de stad diens evenknie op het platteland op te sporen.

Omdat ik tot de conclusie was gekomen dat mijn metgezel te zeer in gedachten verzonken was om een gesprekje met hem aan te knopen, had ik de oninteressante krant terzijde gelegd. Achterovergeleund in mijn stoel raakte ik in gepeins verzonken. Plotseling werden mijn gedachten onderbroken door de stem van mijn metgezel.

'Je hebt gelijk, Watson!' zei hij. 'Het lijkt inderdaad een zeer belachelijke manier om een geschil tot een oplossing te brengen.'

'Hoogst belachelijk!' riep ik uit. Toen realiseerde ik me plotseling dat hij mijn diepste gedachten onder woorden had gebracht en ging ik rechtop in mijn stoel zitten om hem met wezenloze verbazing aan te staren.

'Wat krijgen we nu, Holmes?' riep ik. 'Iets dergelijks is naar mijn idee volstrekt onvoorstelbaar!'

Hij lachte hartelijk om mijn verbazing.

'Je zult je nog wel herinneren,' zei hij, 'dat je enige tijd geleden, toen ik je het stukje voorlas waarin Poe verhaalt hoe iemand de onuitgesproken gedachten van zijn metgezel volgde, geneigd was zoiets af te doen als niets anders dan een *tour-de-force* van de auteur. Toen ik opmerkte dat ik voortdurend de gewoonte had om datzelfde te doen, heb je gezegd dat niet te geloven.'

'O nee!'

'Misschien dat je dat niet hebt gezegd, mijn beste Watson, maar je wenkbrauwen spraken boekdelen. Dus toen ik je die krant zag weggooien en in gedachten verzonken zag raken, was ik blij in de gelegenheid te worden gesteld om die gedachten van je te lezen en er uiteindelijk tussen te komen, om te bewijzen dat ik ze kon volgen.'

Maar dat antwoord stelde me nog lang niet tevreden. 'In dat stukje dat je me hebt voorgelezen,' zei ik, 'trekt de observator zijn conclusies aan de hand van de handelingen van de man die hij observeerde. Wanneer ik het me goed herinner, struikelde hij over een berg stenen, keek omhoog naar de sterren, enzovoorts. Maar ik heb hier rustig in mijn stoel gezeten en welke aanwijzingen kan ik je dan hebben gegeven?'

'Je doet jezelf onrecht aan. De gezichtsuitdrukkingen zijn de mens gegeven om daarmee uiting te geven aan zijn emoties en de jouwe zijn in dat verband trouwe dienaren.'

'Wil je daarmee zeggen dat je aan de hand van mijn gezichtsuitdrukkingen mijn gedachtegang hebt kunnen volgen?'

'Je gezichtsuitdrukkingen en dan vooral je ogen. Misschien kun je je zelf wel niet meer herinneren hoe die mijmering van je begon?'

'Nee, dat kan ik inderdaad niet.'

'Dan zal ik het je vertellen. Nadat je de krant had weggegooid – een handeling die er de oorzaak van was dat ik mijn aandacht op je richtte – heb je een halve minuut lang met een nietszeggend gelaat in je stoel gezeten. Toen vestigden je ogen zich op het pas opnieuw ingelijste portret van generaal Gordon en ik zag aan de verandering van je gezichtsuitdrukking dat je aan het denken was geslagen. Maar even later hield je daar weer mee op. Je blik richtte zich toen op het niet-ingelijste portret van Henry Ward Beecher dat boven op jouw boeken staat. Toen keek je omhoog, naar de muur, en was het natuurlijk duidelijk waarom je dat deed. Je dacht dat die kale plek door het laten inlijsten van dat portret kon worden opgevuld en dat het dan een aardige pendant zou vormen voor het portret van Gordon dat daar hangt.'

'Je hebt mijn gedachtegang inderdaad schitterend gevolgd!' riep ik uit.

'Tot dusverre kon ik er eigenlijk niet naast zitten. Maar daarna keerden je gedachten terug naar Beecher en keek je aandachtig naar dat portret, alsof je zijn karakter aan de hand van zijn gelaatstrekken wilde doorgronden. Daarna waren je ogen niet langer tot spleetjes samengeknepen, maar je bleef wel naar dat portret kijken en je gezicht stond daarbij nadenkend. Je bracht je de voorvallen uit Beechers carrière in herinnering. Ik realiseerde me terdege dat je dat niet kon doen zonder te denken aan de missie die hij in de tijd van de Amerikaanse Burgeroorlog namens de Noordelijken ondernam, want ik kan me je hartstochtelijke verontwaardiging herinneren over de wijze waarop hij werd ontvangen door onze minder kalme landgenoten. Je had daarover een zo uitgesproken mening dat ik wist dat je niet aan Beecher kon denken zonder ook daaraan te denken. Toen ik even later zag dat je blik zich van het portret afwendde, vermoedde ik dat je op dat moment dacht aan de Burgeroorlog. En toen ik zag dat je mond zich tot een streepje vertrok, je ogen schitterden en je handen zich ineenstrengelden, was ik er zeker van dat je inderdaad nadacht over de dapperheid die tijdens die wanhopige strijd door beide partijen aan den dag werd gelegd. Maar toen werd je gezicht opnieuw triest van uitdrukking. Je schudde je hoofd. Je dacht na over het verdriet en de doodsangst en het zinloze verspillen van levens. Je hand gleed vrijwel ongemerkt naar je eigen oude verwonding en er speelde een klein glimlachje om je lippen, hetgeen me duidelijk maakte dat je je bewust was geworden van de belachelijke kant van deze methode van het oplossen van internationale geschillen. Op dat moment was ik het met je eens dat het belachelijk was en deed het me deugd te kunnen concluderen dat al mijn deducties juist bleken te zijn.'

'Warempel!' zei ik. 'Ik moet echter bekennen dat ik nog steeds even verbaasd ben als zo-even, ondanks het feit dat je alles hebt verklaard.'

'Ik kan je verzekeren, mijn beste Watson, dat het allemaal erg oppervlakkig was. Ik zou het niet zo dwingend onder je aandacht hebben gebracht wanneer je laatst niet blijk had gegeven van enig ongeloof. Maar ik heb hier een kleine kwestie in handen die nog wel eens moeilijker zou kunnen zijn dan mijn kleine poging tot gedachten lezen. Heb je in de krant een kort artikeltje gezien over de opmerkelijke inhoud van een pakje dat per post werd verzonden naar mejuffrouw Cushing, woonachtig aan de Cross Street te Croydon?'

'Nee, dat heb ik niet gezien.'

'Aha! Dan moet je eroverheen hebben gekeken. Gooi me die krant eens toe. Daar staat het, onder het financiële gedeelte. Misschien zou je zo vriendelijk willen zijn het voor te lezen?'

Ik pakte de krant op die hij naar me had teruggegooid en las de aangegeven passage voor. 'Een griezelig pakje' luidde de kop.

Mejuffrouw Cushing, woonachtig in de Cross Street te Croydon, is het slachtoffer geworden van iets wat moet worden beschouwd als een uitzonderlijk weerzinwekkende practical joke, tenzij er aan het incident een sinistere betekenis gegeven zou dienen te worden. Om twee uur gisterenmiddag werd haar door de postbode een klein pakje overhandigd, gewikkeld in bruin papier. Daarin zat een kartonnen doos, die was gevuld met grofkorrelig zout. Toen mejuffrouw Cushing dat eruit had gehaald, zag ze tot haar grote afschuw twee mensenoren, die kennelijk zeer kort geleden waren afgesneden. Het pakje was de ochtend daarvoor als pakketpost vanuit Belfast verzonden. Men beschikt over geen enkele aanwijzing ten aanzien van de identiteit van de afzender. Mejuffrouw Cushing is een ongetrouwde dame van vijftig jaar die altijd een zeer teruggetrokken leven heeft geleid en zo weinig kennissen of penvrienden heeft dat ze maar zelden iets via de post ontvangt. Dat gegeven maakt deze hele kwestie nog mysterieuzer. Maar toen zij een aantal jaren geleden te Penge verbleef, verhuurde ze kamers in haar huis aan drie jonge studenten in de medicijnen, die ze noodgedwongen de deur moest wijzen vanwege hun luidruchtige en wisselvallige gewoontes. De politie is van mening dat die jongemannen wellicht deze wandaad hebben begaan, omdat zij een wrok jegens mejuffrouw Cushing koesterden en hoopten haar bang te maken door haar deze objecten uit de snijzalen toe te sturen. Deze theorie wint enigszins aan geloofwaardigheid door het gegeven dat een van die jongemannen uit het noorden van Ierland afkomstig was en voorzover mejuffrouw Cushing weet inderdaad uit Belfast. Er wordt al een diepgaand onderzoek ingesteld, geleid door de heer Lestrade, een van de slimste rechercheurs die wij hebben.

'Zo, nu weten we wat er in de *Daily Chronicle* staat,' zei Holmes toen ik klaar was met voorlezen. 'En nu onze vriend Lestrade. Ik heb vanmorgen een briefje van hem ontvangen met de volgende inhoud:

Ik ben van mening dat deze zaak geheel in uw lijn ligt. We hebben goede hoop deze kwestie tot een oplossing te kunnen brengen, maar het kost ons enige moeite om een aanknopingspunt te vinden van waaruit we verder kunnen werken. We hebben natuurlijk bij het postkantoor van Belfast telegrafisch om inlichtingen verzocht, maar die dag zijn er vele pakketjes afgegeven en ze beschikken daar niet over de middelen om dit speciale pakje te identificeren.

Niemand kan zich degene herinneren die het heeft afgegeven. Het doosje bevatte oorspronkelijk een half pond in stroop gedrenkte tabak en kan ons in geen enkel opzicht wijzer maken. De theorie rond die student in de medicijnen lijkt me nog altijd de meest aannemelijke, maar wanneer u een paar uurtjes vrij kunt maken, zou ik u gaarne willen ontvangen. U kunt me de hele dag bereiken. Hetzij thuis, hetzij op het bureau.

'Wat vind je daarvan, Watson? Denk je dat je voldoende tegen deze hitte bestand bent om samen met me naar Croydon te gaan om eens te kijken of dit soms een verhaal oplevert dat in jouw annalen geboekstaafd kan worden?'

'Ik verlang er al geruime tijd naar iets om handen te krijgen.'

'Dan gaat je wens dus in vervulling. Wil je even bellen en vragen om onze laarzen? En zeg dan meteen dat er een rijtuig moet worden besteld. Ik kom zo weer terug, nadat ik mijn kamerjas voor andere kleding heb verwisseld en mijn sigarenkoker heb gevuld.'

Toen we in de trein zaten trok er een regenbui over en de hitte in Croydon was veel minder drukkend dan in de stad. Holmes had een telegram gestuurd, waardoor Lestrade, even mager en gespierd, kwiek en fretachtig als altijd, ons bij het station stond op te wachten. Na vijf minuten lopen waren we in Cross Street, waar mejuffrouw Cushing woonde.

Het was een heel lange straat met bakstenen huizen die twee verdiepingen telden. Die huizen zagen er netjes en een beetje nuffig uit, met witgekalkte stenen trapjes en kleine groepjes vrouwen die met een schort voor in de deuropening met elkaar stonden te kwebbelen.

Halverwege die straat bleef Lestrade staan en klopte op een deur, die werd geopend door een klein, jong dienstmeisje. Mejuffrouw Cushing zat in de voorkamer, waar wij werden binnengeleid. Het was een vrouw met een kalm gezicht, grote, vriendelijke ogen en grijs haar dat over haar slapen krulde. Op haar schoot lag een veelgebruikte antimakassar en op een krukje naast haar stond een mandje met allerlei verschillende gekleurde lapjes zijde.

'Die afschuwelijke dingen liggen in het schuurtje,' zei ze toen Lestrade binnenkwam. 'Ik zou willen dat u ze meenam.'

'Dat zal ik ook doen, juffrouw Cushing. Ik heb ze alleen maar hier gelaten totdat mijn vriend, de heer Holmes, ze in uw aanwezigheid heeft kunnen bekijken.'

'Waarom in mijn aanwezigheid, meneer?'

'Voor het geval hij enige vragen wenst te stellen.'

'Wat heeft het voor zin mij vragen te stellen wanneer ik u al heb gezegd dat ik er helemaal niets van afweet?'

'U heeft volkomen gelijk, mevrouw,' zei Holmes op zijn gebruikelijke geruststellende manier. 'Ik twijfel er niet aan dat het u door deze kwestie al meer dan voldoende lastig is gemaakt.'

'Daar heeft u gelijk in, meneer. Ik ben een rustige vrouw, die een teruggetrokken leven leidt. Het is iets heel nieuws voor mij om mijn naam in de kranten te zien staan en de politie over de vloer te hebben. Ik wil die dingen hier niet meer binnen hebben, meneer Lestrade. Wanneer u ze wilt zien, zult u naar het schuurtje moeten gaan.'

Het was een klein schuurtje, dat in de smalle achtertuin stond. Lestrade liep er binnen en kwam terug met een doos van geel karton, een stukje bruin pakpapier en een eindje touw. Aan het einde van het pad stond een bank en daarop gingen we allemaal zitten terwijl Holmes de voorwerpen die Lestrade hem overhandigde één voor één bekeek.

'Dat touw is uitzonderlijk interessant,' merkte hij op terwijl hij het omhooghield naar het licht en eraan rook. 'Lestrade, wat zijn je conclusies ten aanzien ervan?'

'Het is met teer ingesmeerd.'

'Inderdaad. Bindgaren, ingesmeerd met teer. Het zal je ongetwijfeld ook zijn opgevallen dat mejuffrouw Cushing het met een schaar heeft doorgeknipt, zoals te zien is aan de rafels aan beide kanten. Dat is belangrijk.'

'Ik zie niet in waarom dat belangrijk is,' zei Lestrade.

'Het is van belang omdat de knoop daardoor intact is gebleven. Een knoop die bijzonder van aard is.'

'Inderdaad een heel nette knoop. Daar had ik al een aantekening over gemaakt,' zei Lestrade zelfvoldaan.

'Zo, dat touw kunnen we nu verder laten rusten,' zei Holmes glimlachend. 'En dan nu het pakpapier. Bruin papier, dat duidelijk naar koffie ruikt. Of wil je zeggen dat je dat niet is opgevallen? Ik denk dat daar geen twijfel over kan bestaan. Adres geschreven in een nogal onregelmatig handschrift. *Mejuffrouw S. Cushing, Cross Street, Croydon*. Geschreven met een pen met brede punt, waarschijnlijk een rondschriftpen, en met inkt van een heel slechte kwaliteit. Het woord *Croydon* is in eerste instantie met een *i* geschreven, die later in een *y* is veranderd. Het pakje is dus verstuurd door een man – het handschrift is duidelijk mannelijk – die geen al te beste opleiding heeft genoten en de stad Croydon niet kent. Dat weten we nu dus alvast. In het doosje heeft oorspronkelijk een half pond in stroop gedrenkte tabak gezeten en er valt niets bijzonders aan op te merken, met uitzondering van twee duimafdrukken bij de hoek linksonder. Hij is gevuld met grofkorrelig zout dat gewoonlijk wordt gebruikt voor het prepareren van huiden en soortgelijke commerciële doeleinden. En midden daarin liggen deze twee zeer opmerkelijke dingen.'

Terwijl hij sprak, haalde hij de twee oren eruit. Hij deponeerde die op een plankje dat hij op zijn knie had gelegd en onderzocht ze nauwkeurig. Lestrade en ik, die ieder aan een kant van hem zaten, bogen ons voorover om die afschuwelijke dingen eveneens te bekijken en zagen vervolgens hoe enthousiast en nadenkend het gezicht van onze metgezel stond. Toen hij de oren uiteindelijk weer in de doos had terug gedaan, bleef hij enige tijd diep in gedachten verzonken zitten.

'Het zal je natuurlijk al wel zijn opgevallen,' zei hij uiteindelijk, 'dat die oren niet bij elkaar horen.'

'Ja, dat is me inderdaad opgevallen. Maar wanneer dit een grap is van een aantal studenten die die dingen uit de snijzalen hebben meegenomen, kunnen ze makkelijk aan twee oren zijn gekomen die eigenlijk niet bij elkaar horen.'

'Inderdaad. Maar volgens mij is dit geen practical joke.'

'Bent u daar zeker van?'

'Het heeft er alle schijn van. Lijken worden op de snijzalen ingespoten met een bepaalde vloeistof, om ze te conserveren. Tekenen daarvan zijn echter bij deze oren niet te bespeuren. Bovendien zijn ze kort geleden afgesneden met een bot instrument, hetgeen niet zou zijn gebeurd wanneer een student in de medicijnen dat had gedaan. En verder nog dit: iemand die van de geneeskunde zijn vak wil maken, zal als conserveringsmiddel eerder aan carbolzuur of overdestillaten denken dan aan grofkorrelig zout. Ik herhaal dat er in dit geval geen sprake is van een practical joke, maar dat we bezig zijn met het onderzoek naar een ernstige misdaad.'

Een vage rilling voer door mij heen toen ik luisterde naar de woorden van mijn metgezel en de ernstige blik zag die zijn gezicht had verhard. Dit beestachtige voorspel leek te wijzen op een of andere vreemde onverklaarbare, afschuwelijke gebeurtenis verder op de achtergrond. Lestrade schudde echter zijn hoofd als iemand die maar half overtuigd is.

'Natuurlijk zijn er bezwaren aan te voeren tegen die theorie van een grap,' zei hij, 'maar tegen de andere zijn sterkere argumenten naar voren te brengen. We weten dat deze dame te Penge een heel rustig en respectabel leven heeft geleid, waarin hier de laatste twintig jaar geen verandering is gekomen. Gedurende al die tijd is ze nauwelijks ooit een dag van huis weg geweest. Waarom zou een misdadiger haar dan in vredesnaam de bewijzen van zijn schuld toesturen, vooral gezien het feit dat zij even weinig van deze hele kwestie begrijpt als wij – tenzij ze natuurlijk een bijzonder begaafd actrice is.'

'Dat probleem zullen we inderdaad moeten zien op te lossen,' antwoordde Holmes, 'en ik zal dat proberen door ervan uit te gaan dat mijn wijze van redeneren correct is en dat er een dubbele moord is begaan. Een van die oren behoort een vrouw toe, klein en fraai van vorm, met een gaatje erin voor een oorbel. Het andere oor is dat van een man, door de zon gebruind, verkleurd en eveneens met een gaatje voor een oorbel. Die twee mensen zijn naar we mogen aannemen dood, want anders zouden we hun verhaal al eerder hebben gehoord. Vandaag is het vrijdag. Het pakje is verzonden op donderdagochtend. De tragedie moet zich dus hebben afgespeeld op woensdag of dinsdag, of nog eerder. Wanneer die twee mensen werden vermoord, wie anders dan de moordenaar zou dit teken van zijn werk dan naar mejuffrouw Cushing hebben kunnen versturen? We mogen aannemen dat de man die dit pakje heeft verzonden, degene is die we in handen willen krijgen. Maar hij moet een zeer belangrijke reden hebben om juffrouw Cushing dit pakje te sturen. Welke reden? Om haar mee te delen dat de daad was verricht! Of wellicht om haar verdriet te doen. Maar in dat geval weet ze wie de afzender is. Weet ze dat? Ik betwijfel het. Waarom zou ze de politie erbij hebben gehaald wanneer ze het wist? Dan zou ze de oren hebben kunnen begraven, zonder dat iemand er verder iets over te weten kwam. Dat zou ze hebben gedaan wanneer ze de boef wilde beschermen. Maar wanneer ze hem niet wil beschermen zou ze bereid zijn zijn naam te noemen. Dit is een knoop die moet worden ontward.' Hij had gesproken op een hoge toon – snel, met nietsziende ogen over het tuinhek heen blikkend. Nu sprong hij echter kwiek overeind en liep in de richting van het huis.

'Ik wil mejuffrouw Cushing een paar vragen stellen,' zei hij.

'In dat geval laat ik u hier alleen achter,' zei Lestrade, 'want ik heb nog een andere kleine zaak die mijn aandacht vergt af te handelen. Ik denk dat juffrouw Cushing mij toch verder niets nieuws meer kan vertellen. U kunt me vinden op het politiebureau.'

'We komen even bij je langs op de terugweg naar het station,' zei Holmes. Een moment later stonden Holmes en ik weer in de voorkamer, waar de onverstoorbare dame nog steeds bezig was met het herstellen van de antimakassar. Toen we binnenkwamen, legde ze hem op haar schoot en keek ons met haar eerlijke, onderzoekende blauwe ogen aan.

'Meneer,' zei ze, 'ik ben ervan overtuigd dat deze kwestie op een vergissing berust en dat dat pakje nooit voor mij bestemd is geweest. Dat heb ik ook al enige malen gezegd tegen de heer van Scotland Yard, maar die lacht me dan alleen maar uit. Voorzover ik weet heb ik nergens ter wereld een vijand, dus waarom zou iemand dan zo'n grap met me willen uithalen?'

'Ik begin langzamerhand tot hetzelfde oordeel te komen, juffrouw Cushing,' zei Holmes terwijl hij naast haar ging zitten. 'Ik denk dat het meer dan waarschijnlijk is...' Hij zweeg even en toen ik over mijn schouder keek, zag ik tot mijn verbazing dat hij uitzonderlijk aandachtig naar het profiel van de dame staarde. Op zijn enthousiaste gezicht zag ik even een uitdrukking van verbazing en voldoening verschijnen, maar toen zij zijn kant op keek om te zien waarom hij niet verder sprak, stond zijn gezicht even stemmig als altijd. Ikzelf staarde aandachtig naar haar steile, grijze haar, haar nette mutsje, haar kleine vergulde oorbellen, haar rustige gezicht. Ik kon echter niets ontdekken wat de duidelijke opwinding van mijn metgezel kon verklaren.

'Ik had één of twee vragen...'

'O, ik ben die vragen zat!' riep mejuffrouw Cushing ongeduldig.

'Ik meen dat u twee zusters heeft.'

'Hoe kunt u dat weten?'

'Op het moment dat ik deze kamer betrad, zag ik op de schoorsteenmantel een foto van drie dames. Een van hen bent u, zonder enige twijfel. De anderen lijken zoveel op u dat het geen twijfel kon lijden dat zij uw zusters waren.'

'Ja, daarin heeft u volkomen gelijk. Dat zijn mijn zusjes, Sarah en Mary.'

'En hier bij mijn elleboog staat een ander portret, in Liverpool genomen, van uw jongste zusje in het gezelschap van een man die me gezien zijn uniform een steward lijkt te zijn. Ik zie dat ze op het moment dat die foto werd genomen, niet getrouwd was.'

'U lijkt allerlei dingen heel snel te zien.'

'Dat is mijn vak.'

'U heeft inderdaad weer volkomen gelijk. Maar een paar dagen daarna is ze in het huwelijk getreden met de heer Browner. Toen die foto werd genomen, voer hij op de Zuid-Amerikaanse route. Hij hield echter zoveel van haar dat hij het niet kon verdragen haar zolang alleen te laten, en nam werk aan op schepen die tussen Liverpool en Londen heen en weer varen.'

'Op de Conqueror wellicht.'

'Nee, op de May Day, voorzover ik weet. Jim is me hier één keer komen opzoeken. Dat was voor hij zijn plechtige belofte verbrak. Daarna ging hij altijd zwaar drinken wanneer hij de wal op kon en al na een paar glazen werd hij dan knettergek. O, de dag waarop hij weer een glas nam, was een kwade. Eerst liet hij mij links liggen, toen maakte hij ruzie met Sarah en nu Mary ons niet meer schrijft, weten we niet hoe het tussen hen gaat.'

Het was duidelijk dat dit onderwerp bij mejuffrouw Cushing heftige emoties opriep. Net als de meeste mensen die een eenzaam leven leiden, was ze aanvankelijk verlegen, maar werd ze uiteindelijk uitzonderlijk mededeelzaam. Ze vertelde ons vele bijzonderheden over haar zwager de steward en begon toen te verhalen over haar oud-commensalen, de drie studenten in de medicijnen. Ze deed ons lange tijd verslag van hun vergrijpen en noemde eveneens hun namen en de ziekenhuizen waar ze werkten. Holmes luisterde aandachtig naar dat alles en stelde af en toe een vraag.

'Wat uw tweede zusje Sarah betreft,' zei hij, 'vraag ik me af waarom u niet samenwoont, gezien het feit dat u beiden ongehuwd bent.'

'Aha! Ik merk dat u Sarah's buien niet kent! Anders zou u zich dat niet meer afvragen. Ik heb het geprobeerd toen ik pas naar Croydon was verhuisd en tot voor twee maanden hebben we getracht het vol te houden. Maar toen moesten we echt weer uit elkaar. Ik wil niets ten nadele van mijn eigen zuster zeggen, maar ze is altijd al bemoeiziek geweest en moeilijk te plezieren, die Sarah!'

'U vertelde ons zojuist dat ze ruzie heeft gemaakt met uw familieleden in Liverpool?'

'Ja, en dat terwijl ze eens zeer goede vrienden van elkaar zijn geweest. Ze is erheen gegaan om dichter bij hen in de buurt te kunnen zijn. En nu kan ze Jim Browner niet hard genoeg veroordelen. De laatste zes maanden dat ze hier was sprak ze over niets anders dan zijn drankmisbruik en manier van doen. Ik vermoed dat hij haar erop heeft betrapt dat ze zich met zijn zaken bemoeide en haar toen eens goed heeft gezegd wat hij daarvan vond. Daar zal het allemaal wel mee begonnen zijn.'

'Hartelijk dank, mejuffrouw Cushing,' zei Holmes, die opstond en een buiging maakte. 'Uw zuster Sarah woont, zo heeft u me meen ik gezegd, in de New Street van Wallington? Tot ziens. Het spijt me heel erg dat u bent lastiggevallen met een zaak waarmee u, zoals u zelf al heeft verklaard, helemaal niets te maken hebt.'

Toen we het huis uit liepen, kwam er net een rijtuig langs en dat riepen we aan.

'Hoe ver is het naar Wallington?' vroeg Holmes.

'Ongeveer anderhalve kilometer, meneer.'

'Uitstekend. Spring erin, Watson. We moeten het ijzer smeden als het heet is. Het geval is weliswaar eenvoudig, maar toch heeft het een paar zeer leerzame bijzonderheden. Koetsier, wilt u bij een postkantoor even halt houden?'

Holmes verstuurde een kort telegram en zat de rest van de rit achterovergeleund in het rijtuig, met zijn hoed tot op zijn neus om de zon uit zijn gezicht te houden. Onze koetsier hield halt voor een huis dat wel wat weghad van dat dat wij net hadden verlaten. Mijn metgezel beval hem te wachten en had zijn hand net op de deurknop gelegd toen de deur werd opengemaakt en een ernstige jongeman, gekleed in het zwart en met een heel glimmende hoed op, op de drempel verscheen.

'Is mejuffrouw Cushing thuis?' vroeg Holmes opgewekt.

'Juffrouw Sarah Cushing is verschrikkelijk ziek,' zei hij, 'sinds gisteren lijdt ze aan een hersenziekte waarvan de symptomen zeer ernstig zijn. Als haar medisch adviseur kan ik de verantwoording niet op me nemen voor een bezoek aan haar van wie dan ook. Ik zou u aanraden over tien dagen nog eens terug te komen.' Hij deed zijn handschoenen aan, trok de deur dicht en liep met snelle pas de straat uit.

'Tja, als het niet kan, kan het niet,' zei Holmes opgewekt.

'Misschien had ze je niet veel kunnen of willen vertellen.'

'Ik wilde niet dat ze me iets zou vertellen. Ik wilde alleen maar even naar haar kijken. Maar ik denk dat ik nu toch al weet wat ik wilde weten. Rijd ons naar een of ander fatsoenlijk hotel, koetsier, waar we een lunch kunnen gebruiken. Daarna zullen we langsgaan bij onze vriend Lestrade op het politiebureau.'

We nuttigden op aangename wijze een bescheiden lunch, waarbij Holmes over niets anders wenste te spreken dan violen en met groot enthousiasme vertelde hoe hij zijn eigen stradivarius had gekocht, die op zijn minst vijfhonderd guinea's waard was. Hij had er bij een joodse pandjesbaas aan de Tottenham Court Road slechts vijfentwintig shilling voor betaald! Dat onderwerp bracht hem op Paganini en een uur lang vertelde hij me onder het genot van een rode bordeaux de ene na de andere anekdote over die buitengewone man. Voor we bij het politiebureau arriveerden, was het al laat in de middag geworden en was de felle zonneschijn veranderd in een zachte gloed. Lestrade stond ons bij de deur op te wachten.

'Een telegram voor u, meneer Holmes,' zei hij.

'Ha! Dat is het antwoord!' Hij scheurde het open, las het snel door en verfrommelde het toen. Daarna stak hij het in zijn zak. 'In orde,' zei hij.

'Heeft u iets ontdekt?'

'Ik heb alles ontdekt!'

'Wat?' Lestrade staarde hem verbaasd aan. 'U maakt een grapje.'

'Ik ben nog nooit in mijn leven zo serieus geweest. Er is een schokkende misdaad begaan en ik denk dat ik nu ieder detail daarvan heb blootgelegd.'

'En de schuldige?'

Holmes krabbelde een paar woorden op de achterkant van een van zijn visitekaartjes en gooide dat Lestrade toe.

'Dat is de naam,' zei hij. 'Je kunt pas morgenavond – op zijn vroegst – tot arrestatie overgaan. Ik zou er de voorkeur aan geven wanneer je mijn naam in verband met deze zaak in het geheel niet noemt, omdat ik alleen verbonden wens te worden met de misdaden die met de nodige moeite tot een oplossing kunnen worden gebracht. Kom mee, Watson!' Samen liepen we weg naar het station en lieten Lestrade achter, die met een verheugd gezicht naar het kaartje staarde dat Holmes hem toegeworpen had.

'Het geval,' zei Sherlock Holmes toen we onder het genot van een sigaar die avond op onze kamers in Baker Street met elkaar zaten te praten, 'is zodanig van aard dat we gedwongen waren omgekeerd te redeneren – van gevolgen terug naar oorzaken en redenen. Net zoals bij de zaken die jij te boek hebt gesteld als *Een Studie in Rood* en *Het teken van de vier*. Ik heb Lestrade schriftelijk verzocht om ons de details mee te delen die wij thans nog niet kennen en die hij slechts kan achterhalen wanneer hij zijn verdachte gevangen heeft genomen. Dat laatste kunnen we met een gerust hart aan hem overlaten, want hoewel hij absoluut niet kan redeneren, is hij zo vasthoudend als het maar zijn kan wanneer hij eenmaal begrijpt wat hij moet doen en die vasthoudendheid is er de oorzaak van dat hij tot de topmensen van Scotland Yard is gaan behoren.'

'De zaak is dus nog niet afgerond?' vroeg ik.

'Wat de essentiële dingen betreft: vrijwel. We weten wie dit walgelijke geheel op touw heeft gezet, hoewel een van de slachtoffers ons nog niet bekend is. Natuurlijk heb jij inmiddels ook je eigen conclusies getrokken.'

'Ik neem aan dat die Jim Browner, de steward van een Liverpools schip, de man is die je verdenkt.'

'O, er is sprake van meer dan een verdenking.'

'Toch kan ik niets anders dan heel vage aanwijzingen bespeuren.'

'Integendeel. Voor mij is het volkomen duidelijk. Laat ik je de belangrijkste stappen meedelen. Je zult je nog wel herinneren dat we aan deze zaak zijn begonnen met een volkomen open instelling, hetgeen altijd een voordeel is. We hadden nog geen theorieën gevormd. We waren daar alleen maar om dingen waar te nemen en uit onze waarnemingen conclusies te trekken. Wat was het eerste wat we zagen? Een heel rustige en respectabele dame, die geen enkel geheim leek te hebben, en een portret dat me duidelijk maakte dat ze twee jongere zusjes had. Meteen schoot de gedachte door me heen dat de doos voor een van die twee bestemd had kunnen zijn. Ik zette dat idee van me af, omdat het bevestigd of weerlegd kon worden op een tijd die ons schikte. Toen zijn we de tuin in gelopen, zoals je je zult herinneren, en hebben we de heel eigenaardige inhoud van dat kleine gele doosje gezien.

Het touw was van een kwaliteit die door zeilmakers aan boord van schepen wordt gebruikt en meteen snoof ik bij ons onderzoek een vleugje zeelucht op. Toen ik zag dat de knoop er een was die bij matrozen zeer populair is, dat het pakje in een havenstad naar het postkantoor was gebracht en dat het mannenoor doorboord was om het dragen van een oorbel mogelijk te maken, iets wat je veel vaker bij zeelui dan bij landrotten ziet, was ik er heel zeker van dat alle acteurs in deze tragedie onder de zeevarende klasse te vinden zouden zijn.

Toen ik de adressering van het pakje nauwkeurig bekeek, zag ik dat het was gezonden aan mejuffrouw S. Cushing. De oudste zuster was natuurlijk mejuffrouw Cushing, maar de voorletter "S" kon eveneens aan een van de anderen toebehoren. In dat geval zouden we ons onderzoek opnieuw moeten beginnen, uitgaande van een heel nieuwe basis. Daarom ben ik het huis weer binnengegaan. Ik was van plan die kleine kwestie op te helderen. Net toen ik op het punt stond mejuffrouw Cushing te verzekeren dat ik ervan overtuigd was dat er een vergissing was begaan, hield ik plotseling mijn mond dicht, zoals je je wellicht herinnert. Ik had namelijk net iets gezien wat me met verbazing vervulde en tegelijkertijd het terrein van ons onderzoek op spectaculaire wijze verkleinde.

Als arts, Watson, zul je wel weten dat er geen deel van het menselijk lichaam zozeer kan variëren als het oor. Ieder oor is als regel heel apart en verschilt van alle andere. In het *Anthropological Journal* van vorig jaar kun je twee korte monografieën over dat onderwerp aantreffen die door mij zijn geschreven. Daardoor had ik de oren in de doos met de ogen van een expert kunnen bekijken en zorgvuldig aandacht geschonken aan de anatomische eigenaardigheden ervan. Je zult je mijn verbazing kunnen voorstellen toen ik, kijkend naar mejuffrouw Cushing, zag dat haar oor precies overeenstemde met het vrouwenoor dat ik kort daarvoor had bekeken.

Die zaak kon niets met toeval te maken hebben. Dezelfde spits toelopende oorschelp, dezelfde brede ronding van de bovenkant, dezelfde draaiing van het kraakbeen. Ten aanzien van alle essentiële kenmerken was het hetzelfde oor.

Natuurlijk zag ik onmiddellijk in hoe belangrijk die waarneming was. Het was duidelijk dat het slachtoffer een familielid was, en waarschijnlijk een zeer naaste verwante bovendien. Ik begon met haar over haar familie te praten en je zult je nog wel herinneren dat ze ons meteen een aantal uitzonderlijk waardevolle bijzonderheden vertelde.

In de eerste plaats dat haar zuster Sarah heette en dat die tot voor kort op hetzelfde adres had gewoond. Daardoor was het zonder meer duidelijk hoe zich de vergissing had kunnen voordoen en voor wie het pakketje bestemd was. Toen hoorden we het een en ander over die steward, die met de derde zuster was getrouwd, en kwamen te weten dat hij eens op zo'n goede voet met juffrouw Sarah had gestaan dat ze naar Liverpool was gegaan om dichter bij de Browners te zijn, maar dat ze later na een ruzie uit elkaar waren gegaan. Die ruzie had al enige maanden lang een einde gemaakt aan iedere vorm van communicatie, zodat Browner, indien hij een pakketje naar juffrouw Sarah wenste te versturen, dat ongetwijfeld aan dat oude adres zou hebben gericht.

Toen begon de hele kwestie wonderbaarlijk duidelijk te worden. We wisten af van het bestaan van die steward, een impulsieve man, zeer hartstochtelijk van aard – je zult je herinneren dat hij een zeer goede baan liet schieten om dichter bij zijn vrouw in de buurt te kunnen blijven –, maar ook een man die af en toe te veel naar de fles greep. We hadden reden te geloven dat zijn vrouw was vermoord en dat een man – waarschijnlijk een zeevaarder – tegelijkertijd was vermoord. Jaloezie is natuurlijk meteen een motief voor de moord in zo'n geval. En waarom zouden de bewijzen van misdaad naar juffrouw Sarah Cushing zijn gestuurd? Waarschijnlijk omdat zij tijdens haar verblijf in Liverpool op de een of andere manier de hand heeft gehad in het ontstaan van de gebeurtenissen die tot de tragedie hebben geleid. Je moet weten dat die scheepvaartmaatschappij Belfast aandoet, evenals Dublin en Waterford. Uitgaande van de veronderstelling dat Browner de misdaad had begaan en daarna meteen aan boord was gegaan van de stoomboot May Day, zou hij in Belfast de eerste gelegenheid hebben gekregen om zijn afschuwelijke pakketje op de bus te doen.

Een tweede oplossing was in dat stadium eveneens duidelijk mogelijk en hoewel ik die uitzonderlijk onwaarschijnlijk achtte, was ik vastbesloten om daaromtrent opheldering te verkrijgen voor ik verderging. Een *amant* die geen succes boekte, zou de heer en mevrouw Browner vermoord kunnen hebben en het mannenoor kon aan de echtgenoot hebben toebehoord. Er waren vele ernstige bezwaren tegen deze theorie aan te voeren, maar zij was niet onmogelijk. Daarom heb ik een telegram gestuurd naar mijn vriend Algar, die werkt bij de politie van Liverpool, en heb hem gevraagd uit te zoeken of mevrouw Browner thuis was. En of de heer Browner met de May Day was vertrokken. Daarna zijn we doorgegaan naar Wallington om mejuffrouw Sarah een bezoek te brengen.

In de eerste plaats wilde ik eens zien hoe haar oor eruitzag. En verder zou ze ons natuurlijk heel belangrijke inlichtingen kunnen geven. Ik was echter niet hoopvol gestemd dat ze dat inderdaad zou doen. Ze moest de dag daarvoor het een en ander over deze kwestie hebben gehoord, want heel Croydon gonsde ervan en zij was de enige die kon hebben begrepen voor wie dat pakje was bestemd. Wanneer ze bereid was geweest de justitie te helpen, zou ze naar alle waarschijnlijkheid al contact hebben gezocht met de politie. Het was echter duidelijk onze plicht haar een bezoek te brengen, dus zijn we erheen gegaan. We kwamen daar tot de ontdekking dat het bericht van de aankomst van het postpakketje –

want haar ziek zijn dateerde vanaf die dag – als gevolg had gekregen dat ze last had van hersenkoorts. Het was toen duidelijker dan ooit dat zij de betekenis ervan volledig had begrepen, maar al even duidelijk dat we enige tijd op hulp van haar zouden moeten wachten.

We waren echter eigenlijk helemaal niet op haar hulp aangewezen. De antwoorden op onze vragen lagen op ons te wachten op het politiebureau, waarnaar ik Algar had verzocht die te verzenden. Niets had beslissender kunnen zijn. Het huis van mevrouw Browner was al meer dan drie dagen afgesloten en de buren waren van mening dat ze naar het zuiden was afgereisd voor familiebezoek. Bij het kantoor van de scheepvaartmaatschappij werd bevestigd dat Browner aan boord van de May Day was gegaan en ik schat dat dat schip morgenavond de Theems op zal varen. Wanneer hij daar aankomt, zal hij worden opgewacht door de stompzinnige maar vastberaden Lestrade en ik twijfel er niet aan dat dan alle details kunnen worden ingevuld.'

In die verwachting werd Sherlock Holmes niet teleurgesteld. Twee dagen later ontving hij een dikke enveloppe, waarin een kort briefje van de detective zat, evenals een getypt document dat bestond uit een aantal foliovellen.

'Lestrade heeft hem inderdaad te pakken gekregen,' zei Holmes terwijl hij even opkeek naar mij. 'Misschien dat je belangstelling hebt voor wat hij heeft mee te delen.

Beste meneer Holmes,

In overeenstemming met het plan dat wij hadden beraamd om onze theorieën te toetsen – dat "wij" is nogal aardig, Watson, vind je ook niet? – *ben ik gisterenmiddag om zes uur naar het Albertdok gegaan en ben aan boord geklommen van de stoomboot May Day, die toebehoort aan de Liverpool, Dublin and London Steam Packet Company. Navraag leerde me dat er een steward aan boord was die naar de naam James Browner luisterde en dat hij zich tijdens de reis op zo'n merkwaardige wijze had gedragen dat de kapitein zich gedwongen had gezien hem van zijn verplichtingen te ontheffen. Toen ik naar beneden, naar zijn kooi ging, trof ik hem zittend op een kist aan. Hij hield zijn hoofd in zijn handen en zat heen en weer te wiegen. Het is een grote, sterke man met een gladgeschoren gezicht dat heel getaand is – hij had wel iets van Aldridge, die ons heeft geholpen bij die gefingeerde wasserijkwestie. Hij sprong overeind toen hij hoorde waar ik voor kwam en ik had mijn fluitje al naar mijn mond gebracht om assistentie te vragen van enige leden van de rivierpolitie, die om de hoek stonden te wachten. Hem scheen de moed echter volledig in de schoenen te zijn gezonken en heel rustig stak hij zijn handen uit, zodat ik hem de boeien kon omdoen. We namen hem mee naar de cellen en namen eveneens zijn koffer mee, want we gingen van de veronderstelling uit dat daar nog wel eens belastend bewijsmateriaal in zou kunnen zitten. Maar afgezien van een groot scherp mes zoals de meeste matrozen dat bij zich hebben, leverde die moeite ons niets op. We zijn echter tot de bevinding gekomen dat we verder geen bewijsmateriaal meer nodig hebben, want toen hij bij de inspecteur op het bureau werd voorgeleid verzocht hij om toestemming een verklaring af te leggen. Die werd natuurlijk door onze stenograaf woord voor woord opgenomen. We hebben daar drie getypte kopieën van laten maken, waarvan er een is ingesloten. Deze kwestie bleek, zoals ik aldoor al heb gedacht, uitzonderlijk eenvoudig te zijn, maar toch ben ik u dankbaar voor het feit dat u me bij mijn onderzoek assistentie hebt verleend. Met vriendelijke groeten,*

hoogachtend, G. Lestrade

Hmm. Dit onderzoek was inderdaad heel erg eenvoudig,' merkte Holmes op. 'Ik denk echter niet dat hij daar zo over dacht toen hij ons er in eerste instantie bij haalde. Maar laten we maar eens kijken wat Jim Browner te vertellen heeft. Deze verklaring heeft hij afgelegd in aanwezigheid van inspecteur Montgomery van het Shadwell Politiebureau en zij heeft het voordeel dat ze letterlijk is vastgelegd.'

'Heb ik iets te zeggen? Ja, ik heb het een en ander te zeggen. Ik moet alles eerlijk opbiechten. U kunt me laten hangen, of me verder met rust laten. Het kan me niets verdommen waartoe u besluit. Ik kan u wel vertellen dat ik geen oog heb dichtgedaan sinds ik het heb gedaan en ik geloof niet dat ik ooit nog zal kunnen slapen tot het moment dat ik nooit meer wakker hoef te worden. Soms zie ik zijn gezicht, maar over het algemeen het hare. Er is geen moment dat ik een van die twee niet voor me zie. Hij kijkt me aan met gefronste wenkbrauwen en een duistere blik, maar zij heeft een soort verbaasde uitdrukking op haar gezicht. O, dat onschuldige lammetje! Ze zal wel verbaasd zijn geweest toen ze moordzucht kon aflezen van een gezicht dat haar maar zelden met iets anders dan een liefdevolle blik had aangekeken.

Maar het was Sarah's schuld en ik hoop dat de vervloeking van een gebroken man haar leven verder ellendig zal maken en het bloed in haar aderen doet rotten! Ik wil mezelf niet vrijpleiten. Ik weet dat ik opnieuw naar de fles heb gegrepen, net zoals het beest dat ik eens was geweest. Maar zij zou het me hebben vergeven; zij zou me geen moment uit het oog hebben verloren wanneer die vrouw nooit haar duistere schaduw over onze drempel had geworpen. Want Sarah Cushing hield van me – daar komt het in wezen op neer –, ze hield van me tot al haar liefde veranderde in vergiftige haat toen ze wist dat ik meer voelde voor de voetafdruk van mijn vrouw in de modder dan voor haar eigen lichaam en ziel.

Er waren drie zusjes. De oudste was eenvoudigweg een goede vrouw, de tweede was een duivelin en de derde was een engel. Sarah was drieëndertig en Mary negenentwintig toen we trouwden. Toen wij samen een nestje gingen bouwen, waren we de hele dag gelukkig met elkaar en in heel Liverpool was er geen betere vrouw te vinden dan mijn Mary. En toen vroegen we Sarah een weekje bij ons te komen logeren. Die week werd een maand en van het een kwam het ander – tot ze helemaal tot ons gezinnetje leek te behoren.

In die tijd dronk ik geen druppel en we konden een beetje sparen en alles leek even onberispelijk te glanzen als een gloednieuwe dollar. Mijn God, wie had uiteindelijk kunnen denken dat het ooit hierop zou uitdraaien? Wie zou zoiets ooit hebben kunnen dromen? Ik was vaak de weekenden thuis en soms wel een hele week wanneer het schip op een vracht moest wachten, en daardoor zag ik mijn schoonzusje Sarah nogal vaak. Ze was een mooie, lange vrouw, zwart en snel en hartstochtelijk. Ze droeg haar hoofd trots opgeheven en haar ogen glinsterden, als de vonk van een vuursteentje. Maar wanneer mijn kleine Mary er was, dacht ik geen seconde aan haar en dat zweer ik, hopend op Gods genade.

Soms had ik de indruk dat ze het prettig vond alleen met mij te zijn of me ertoe te verleiden een wandelingetje met haar te gaan maken, maar daar had ik nooit wat achter gezocht. Op een avond vielen me echter de schellen van de ogen. Ik was vanaf het schip naar huis gegaan en merkte dat mijn vrouw er niet was, maar Sarah wel.

"Waar is Mary?" vroeg ik.

"O, die is een paar rekeningen gaan betalen."

Ik was ongeduldig en liep door de kamer te ijsberen.

"Jim, kun je geen vijf minuten gelukkig zijn zonder dat Mary erbij is?" vroeg ze. "Dat is geen al te best complimentje voor mij. Kun je je voor zo'n korte tijd niet tevreden stellen met mijn gezelschap?"

"Maak je daar nu maar geen zorgen over, meisje," zei ik en ik strekte mijn hand vriendelijk naar haar uit. Maar ze pakte die meteen in haar beide handen vast en die brandden alsof ze koorts had. Ik keek in haar ogen en kon daarin alles lezen. Woorden waren overbodig. Zowel van haar kant als de mijne. Ik fronste mijn wenkbrauwen en trok mijn hand terug. Toen bleef ze een tijdje zwijgend naast me staan en hief vervolgens haar hand omhoog om me een schouderklopje te geven. "Die trouwe ouwe Jim," zei ze met een soort spottend lachje en ze rende de kamer uit.

Vanaf die tijd haatte Sarah me hartgrondig en ze is een vrouw die werkelijk kan haten. Ik was gek dat ik haar bij ons liet blijven – werkelijk een dwaas – maar ik zei er nooit iets over tegen Mary, omdat ik wist dat dat haar verdriet zou doen. Alles verliep net zoals in de tijd daarvoor, maar later merkte ik dat er iets in Mary zelf aan het veranderen was. Ze was altijd zo trouw en onschuldig geweest, maar nu gedroeg ze zich eigenaardig en achterdochtig, wilde weten waar ik was geweest en wat ik had gedaan en van wie ik brieven kreeg en wat ik in mijn zakken had en nog duizend andere soortgelijke dwaze dingen. Met de dag werd ze eigenaardiger en raakte ze sneller geïrriteerd en we hadden eindeloze ruzies om niets. Dat alles verbaasde me in niet geringe mate. Sarah meed me nu, maar zij en Mary waren werkelijk onafscheidelijk. Ik zie nu in hoe zij plannen beraamde en mijn vrouw tegen me opzette. Maar toen was ik zo stekeblind dat ik het niet in de gaten had. Toen raakte ik van de blauwe knoop af en begon weer te drinken, maar ik geloof niet dat ik dat zou hebben gedaan wanneer Mary de oude was geweest. Nu had ze enige reden om van walging jegens mij vervuld te zijn en de kloof tussen ons werd steeds groter. En toen dook die Alec Fairbairn op en werd alles nog eens duizendmaal zo erg.

Hij kwam voor het eerst bij mij thuis om Sarah te zien, maar al spoedig kwam hij ook voor ons, want hij was een man met innemende manieren die overal waar hij kwam vrienden maakte. Het was een zwierige, chique man, slim en praatziek, die de halve wereld had gezien en kon vertellen over wat hij had gezien. Ik zal niet ontkennen dat hij aangenaam gezelschap was en voor een zeeman was hij geweldig beleefd, dus denk ik dat er een tijd moet zijn geweest dat hij meer van het achterdek dan van het vooronder afwist. Een maand lang was hij kind aan huis bij mij en ik heb er geen seconde bij stilgestaan dat zijn vriendelijke, listige manier van doen me kwaad zou kunnen berokkenen. Maar toen maakte iets me uiteindelijk dan toch achterdochtig en vanaf dat moment kende ik geen rust meer.

Het was maar een heel klein dingetje. Ik was onverwacht de huiskamer in gelopen en toen ik binnenliep zag ik het gezicht van mijn vrouw bij wijze van welkom oplichten. Maar toen ze zag dat ik het was, verdween dat lichtje weer en wendde ze zich af met een teleurgestelde blik. Dat was voor mij voldoende. Alleen de stap van Alec Fairbairn was vergelijkbaar met die van mij. Als ik hem toen had gezien, zou ik hem hebben gedood, want ik heb me altijd als een krankzinnige gedragen wanneer ik kwaad werd. Mary zag het duivelse licht in mijn ogen en ze rende op me af en legde een hand op mijn mouw. "Niet doen, Jim. Niet doen!" zei ze.

"Waar is Sarah?" vroeg ik.

"In de keuken," zei zij.

"Sarah," zei ik toen ik die binnenliep, "die meneer Fairbairn mag hier geen voet meer over de drempel zetten."

"Waarom niet?" vroeg ze.

"Omdat ik dat beveel."

"O!" zei ze. "Wanneer mijn vrienden niet goed genoeg zijn voor dit huis, dan ben ik er eveneens niet goed genoeg voor."

"Je kunt doen en laten wat je wilt," zei ik, "maar wanneer die Fairbairn zijn gezicht hier weer laat zien, zal ik je als aandenken een van zijn oren sturen." Ze werd bang voor mijn gezichtsuitdrukking, denk ik, want ze zei helemaal niets meer en diezelfde avond nog ging ze mijn huis uit.

Tja, ik weet niet of het zuiver duivelswerk van die vrouw was of dat ze dacht dat ze me tegen mijn vrouw kon opzetten door haar aan te moedigen zich te misdragen. In ieder geval ging ze in een huis zitten dat zich twee straten verderop bevond en verhuurde kamers aan zeelieden. Fairbairn maakte daar regelmatig gebruik van en dan ging Mary erheen om samen met hem en haar zuster thee te drinken. Ik weet niet hoe vaak ze erheen is gegaan, maar op een dag ben ik haar gevolgd en toen ik me de toegang tot het huis forceerde, verdween Fairbairn over de muur van de achtertuin, dat laffe stinkdier. Ik bezwoer mijn vrouw dat ik haar zou vermoorden wanneer ik haar nogmaals in zijn gezelschap aantrof en nam haar mee terug. Ze huilde en bibberde, en was even wit als een velletje papier. Tussen ons bestond geen enkel sprankje liefde meer. Ik kon zien dat ze me haatte en bang voor me was en toen de gedachte daaraan me naar de fles deed grijpen, verachtte me ze bovendien.

Sarah kwam tot de ontdekking dat ze in Liverpool het hoofd in financieel opzicht niet boven water kon houden, dus ging ze, naar ik heb begrepen, terug naar haar zuster in Croydon en sukkelde alles bij mij thuis voort zoals daarvoor. En toen kwam de afgelopen week, met alle ellende en rampen die die met zich meebracht.

Het is als volgt gegaan. We waren aan boord van de May Day gegaan voor een heen- en terugvaart die zeven dagen in beslag zou nemen, maar een okshoofd raakte los, waardoor we gedwongen waren twaalf uur later terug te keren naar de haven. Ik ging van boord en naar huis en dacht dat het een plezierige verrassing zou zijn voor mijn vrouw. Dat hoopte ik in ieder geval. Daar dacht ik aan toen ik onze straat in liep. Op datzelfde moment passeerde me een rijtuig en daarin zat zij – naast Fairbairn. Het tweetal zat druk te praten en te lachen en dacht geen seconde aan mij. Ik sloeg het tafereel gade vanaf het voetpad.

Ik zeg u dat ik mezelf op dat moment niet meester was. Dat zweer ik u. Nu ik erop terugkijk, is het allemaal net een vage droom. Ik had de tijd daarvoor veel gedronken en die twee dingen brachten me volkomen van slag. Nu klopt er ook iets in mijn hoofd, als de hamer van een bootwerker. Maar die ochtend leek de hele Niagara in mijn hoofd te suizen.

Welnu, ik ben achter het rijtuig aangerend. Ik had een zware eikenhouten stok in mijn hand en ik kan u wel vertellen dat ik meteen een rood waas voor mijn ogen had. Maar terwijl ik rende, werd ik ook listig en hield mijn pas een beetje in, om hen te kunnen zien zonder zelf gezien te worden. Even later kwam het rijtuig voor het spoorwegstation tot stilstand. Voor het loket stonden een heleboel mensen, dus kon ik heel dicht bij hen in de buurt komen zonder te worden gezien. Ze namen kaartjes naar New Brighton. Dat deed ik eveneens, maar ging drie rijtuigen achter hen zitten. Toen we die stad hadden bereikt, liepen ze over de Parade en was de afstand tussen hen en mij nimmer groter dan zo'n honderd meter. Na enige tijd zag ik dat ze een bootje huurden en gingen roeien, want het was een heel hete dag, en ze dachten zonder enige twijfel dat het op het water koeler zou zijn.

Het was net alsof ze mij in handen waren gegeven. Het was een heel klein beetje nevelig en je kon niet meer dan een paar honderd meter voor je uit kijken. Ik huurde zelf ook een bootje en ging achter hen aan. Ik kon de vage omtrek van hun bootje zien, maar zij gingen vrijwel even snel als ik en voor ik hen inhaalde, zaten ze zeker al ruim anderhalve kilometer uit de kust. De nevel hing als een gordijn om ons allen heen en daar zaten we dus, met z'n drieen. Mijn God, zal ik ooit hun gezichten kunnen vergeten toen ze zagen wie in de boot zat die steeds dichter bij hen kwam? Zij gilde het uit. Hij vloekte als een krankzinnige en probeerde me met een roeiriem te treffen, want hij moet de dood in mijn ogen hebben gezien. Ik kon hem echter ontwijken en gaf hem een slag met mijn stok, waardoor zijn hoofd als een ei kapotgeslagen werd. Misschien dat ik haar, ondanks het feit dat ik krankzinnig was, zou hebben gespaard, wanneer ze niet haar armen om hem heen geslagen had en hem had aangeroepen bij zijn voornaam "Alec". Ik sloeg opnieuw en toen lag ze naast hem op de bodem van de boot. Ik was toen net een wild beest dat bloed had geroken. Wanneer Sarah erbij was geweest, zou zij zich bij hen hebben gevoegd, zowaar ik hier sta. Ik haalde mijn mes te voorschijn en toen... Nu heb ik genoeg gezegd. Toen ik eraan dacht hoe Sarah zou reageren wanneer ze die tekenen van de gevolgen van haar bemoeizucht zou ontvangen, raakte ik vervuld van een soort woest gevoel van vreugde. Toen bond ik de lichamen stevig aan de boot vast, wrikte een plank los en bleef staan kijken tot ze gezonken waren. Ik wist heel goed dat de eigenaar van het bootje zou denken dat ze in de nevel de weg waren kwijtgeraakt en naar zee waren afgedreven. Ik zorgde ervoor dat ik er weer netjes uitzag, roeide terug naar de wal en ging aan boord van mijn schip, zonder dat ook maar iemand vermoedde wat er was gebeurd. Die avond maakte ik het postpakketje klaar voor Sarah Cushing en verstuurde dat de volgende dag vanuit Belfast.

Nu heb ik u de hele waarheid verteld. U kunt me ophangen of met me doen wat u wilt, maar u kunt me niet straffen zoals ik al ben gestraft. Wanneer ik mijn ogen dichtdoe, zie ik die twee gezichten die me aanstaren – me aanstaren zoals ze dat deden toen mijn boot door de nevel heen brak. Ik heb hen snel gedood, maar zij laten mij een langzame dood sterven en wanneer ik nog eens zo'n nacht moet doorbrengen, zal ik voor het ochtendgloren ofwel dood ofwel krankzinnig geworden zijn. Meneer, wilt u me niet alleen in een cel opsluiten? Doet u dat in 's hemelsnaam niet en moge u op een dag dat u doodsangst kent net zo worden behandeld als u me nu behandelt.'

'Wat betekent dit alles nu, Watson?' vroeg Holmes plechtig toen hij het document terzijde legde. 'Welk doel heeft deze cirkel van ellende en geweld en angst? Hij moet een of ander doel hebben, want anders wordt ons universum beheerst door toeval, hetgeen ondenkbaar is. Maar welk doel? Dat is de grote, blijvende, eeuwige vraag waarop de menselijke geest nog altijd geen antwoord heeft gevonden.'

The Adventure of the Cardboard Box, januari 1893

Inhoud